O olhar dourado do abismo

OLGA SAVARY

O olhar dourado do abismo

contos de paixão e espanto

instante

Direção Editorial: **Silvio Testa**

Coordenação Editorial: **Carla Fortino**
Edição: **Fabiana Medina**
Revisão: **Laila Guilherme**
Capa: **Fabiana Yoshikawa**
Ilustrações: **Carla Barth**
Diagramação: **Estúdio Dito e Feito**

1ª Edição: 2024

Dados Internacionais de Catalogação na Publicação (CIP)
(Angélica Ilacqua CRB-8/7057)

Savary, Olga, 1933-2020
O olhar dourado do abismo : contos de paixão e espanto / Olga Savary. — 1. ed. — São Paulo : Editora Instante: 2024.

ISBN 978-65-87342-66-5

1. Contos brasileiros I. Título

CDD B869.3
24-1834 CDU 82-3(81)

Índices para catálogo sistemático:
1. Contos brasileiros

Texto fixado conforme o Acordo Ortográfico da Língua Portuguesa de 1990, em vigor no Brasil a partir de 2009.

www.editorainstante.com.br
facebook.com/editorainstante
instagram.com/editorainstante

O olhar dourado do abismo: contos de paixão e espanto é uma publicação da Editora Instante.

Este livro foi composto com as fontes Arnhem e Montserrat Alternates e impresso sobre papel Pólen Natural 80g/m² em Edições Loyola.

FSC
MISTO
Papel | Apoiando o manejo florestal responsável
FSC® C008008

Sumário

Nota à presente edição

Rafael Domingos Oliveira

Na prosa de Olga Savary, assim como em sua poesia, o erotismo ocupa lugar central. Nos contos de *O olhar dourado do abismo*, as vozes narrativas evocam signos, utilizam-se de estereótipos e elaboram imagens que permeiam o universo erótico humano. Mas vai além. Por serem narrados a partir de experiências femininas (as narradoras são sempre mulheres, e isso não é um acaso), esses signos, estereótipos e imagens passam a funcionar, na estrutura narrativa, como instrumentos de afirmação da autonomia feminina para o amor, o sexo e o desejo de viver.

Em relação aos estereótipos, por exemplo, a leitora e o leitor perceberão que, em algumas circunstâncias, a narradora vai até o limite e, muitas vezes, até mesmo o ultrapassa. É o caso do conto "Camanau", um dos mais longos deste volume. Em certa altura do conto, o personagem Yêgbar, um músico negro, é descrito primeiro como uma espécie de conquistador, devido às suas características raciais, e depois, também em função das mesmas características, como alguém imaturo, infantilizado. As duas formas correspondem aos fenômenos de objetificação do corpo negro e desumanização das populações africanas, que atravessam a Era Moderna e constituem a experiência de formação das sociedades contemporâneas a partir da Diáspora Africana e do tráfico de viventes.

Esses fenômenos, entranhados nos diferentes modos de ver e compreender a realidade, serviram como instrumentos de manutenção da profunda e desigual hierarquia racial que organiza a sociedade brasileira.

Algo próximo se repete no conto "O rei dos lençóis", cujo título por si só já alude à objetificação a que nos referimos acima. Em outros contos, como "Curare", a estereotipação mobilizada é em relação a um homem indígena. Chamamos atenção para esses aspectos pois eles revelam, ao nosso ver, mais a intrincada e complexa trama da qual é tecida a eroticidade humana, e, portanto, as próprias vozes narrativas elaboradas nos contos, do que propriamente uma visão pessoal da autora.

A respeito de Savary, Ferreira Gullar certa vez disse que a autora "vive às voltas com as contradições mais profundas da existência". Seus contos, por serem constituídos a partir de uma imersão na experiência do erotismo, só poderiam caminhar na linha fina entre o moralmente aceitável e o inaceitável. Sua escrita, suas personagens e, sobretudo, suas vozes narrativas são, por isso tudo, testemunhos da permeabilidade do universo erótico em relação às formas sociais em que é elaborado.

Rafael Domingos Oliveira é historiador e educador, mestre em História pela Universidade Federal de São Paulo e doutorando em História Social pela Universidade de São Paulo. Autor de artigos e capítulos de livros sobre escravidão, abolição e relações raciais nas Américas, foi coordenador do Núcleo de Educação do Museu Afro Brasil e professor da rede pública. É pesquisador do Núcleo de Estudos e Pesquisas da Afro-América (Nepafro) e coordena o Núcleo de Acervo e Pesquisa do Theatro Municipal de São Paulo. É autor de *Vozes afro-atlânticas: autobiografias e memórias da escravidão e da liberdade* (Elefante, 2022).

Prefácio

Joselia Aguiar

Uma poeta que se consagrou no decorrer de três décadas publicando versos, Olga Savary teve atuação múltipla no campo da literatura, transitando da crítica à tradução. Orgulhava-se de trabalhar intensamente com a escrita e, no exercício dessa vocação vasta, também fez contos. Com este volume, *O olhar dourado do abismo*, cuja primeira publicação data de 1997, quando a autora contava sessenta e quatro anos, conhecemos essa faceta menos divulgada de sua obra, a Savary contista.

Na experimentação dessa forma narrativa, o que imediatamente salta aos olhos é justamente sua presença como poeta. Encontramos uma linguagem carregada de metáforas, com alternância entre a figuração mais explícita e a tão somente sugestiva. Os contos são em sua maioria breves e não se dedicam a enredos lineares, com ápices ou reviravoltas, como prevê seu modelo clássico. Antes, caracterizam-se pelo predomínio de uma atmosfera por vezes estática, não raro selvagem e de desfecho prenhe de estranheza, com cenas e diálogos em que são abordadas as questões já presentes nos versos, e o inescapável domínio do erótico, que deve ser observado, aqui, em toda a sua carga simbólica, na tensão entre vida e morte. Não à toa o subtítulo da antologia inclui as palavras "paixão" e "espanto".

Os contos apresentam o ponto de vista feminino, e neles ocorrem encontros, não importando se por vezes tocam a irrealidade. As personagens tampouco são sempre humanas. Naquele que dá nome à antologia, "O olhar dourado do abismo", a dimensão animal surge para ressaltar a irracionalidade do desejo, e a sedução se realiza por meio de assobios, pios, garras e guinchos. Nos demais contos, os sentimentos, mesmo entre macho e fêmea da nossa espécie, irrompem em seu corte mais primitivo, os papéis de caça e caçador são recorrentes e transcorrem em ímpetos irracionais, intenções, insolências e impossibilidades. A paisagem é composta por uma natureza variada: ora com árvores colossais e quedas d'água amplas, ora capins, cactos e mandacarus, relvas e salsugem; se por vezes há vegetação luxuriante, também existe o deserto. E há, evidentemente, a iminência do abismo, entre o prazer do risco e o medo do impulso.

Ainda que os corpos estejam separados por cotidiano e dever, prevalece a vontade de fazer com que o encontro aconteça apesar dos impasses. Num dos trechos de "Cunhã e Apiaua", a voz da narradora pondera: "Que outra coisa a apostar senão no presente? Não há ontem nem haverá amanhã para falar desta mulher e deste homem. Eles nada têm, nem história — para que teriam? —, a não ser o insensato amor deles". Em "Curare", que vem a seguir, há o arremate: "Vida então é o gozo de, iniciado o jogo, viciar os dados: a cega fome ancestral dessa pantera, minha e sua, dessa fera fascinante e odiosa trucidando a paz que inteira a ecologia do ser". Em "Memória do jardim", retomando o mito original de Adão e Eva, o desejo se mostra ainda mais implacável: "fica sem a alma".

Olga Savary enfrentou um tempo em que a autora mulher contava com poucas possibilidades de se destacar no mercado literário brasileiro, embora ela tenha tido a sorte de estar em uma família leitora. Nascida em Belém do Pará (1933), falava de um pai e de uma mãe que incentivaram seu contato com livros. Outra sorte foi a existência de um professor de literatura genial, ninguém menos que Benedito Nunes, grande ensaísta brasileiro apontado como formador de gerações de literatos originários daquela região do país.

Nota-se como, nos contos, aparecem referências culturais nativas numa época em que pouco se trazia essa problemática à tona. De origem russa e francesa — da parte paterna —, Savary tem também ascendência portuguesa e indígena da parte materna. Ainda na infância, viveu no Nordeste e depois se fixou no Rio de Janeiro, onde teve uma estreia literária incentivada por outro nome de peso, Carlos Drummond de Andrade, a quem visitava no gabinete no final do expediente para que ele comentasse sua produção. Anos mais tarde, iria descobrir que eram primos distantes.

Desbravadora, comparecia sozinha aos Sabadoyles, os famosos encontros que Plínio Doyle realizava aos sábados em sua casa com a cena literária carioca predominantemente masculina. Sua primeira publicação pode ser considerada tardia, em 1970, aos trinta e sete anos; e já se notava o esforço de fazer uma obra desafiadora, tanto na escolha dos temas abordados, quanto no formato — por exemplo, lançou-se com a marca de pioneira também no haicai brasileiro. Em uma carreira traçada com afinco, chegou a ser publicada pelo célebre Massao Ohno, também editor de outras autoras transgressoras de sua geração, Hilda Hilst e Renata Palottini, ambas de São Paulo, e Jocy de Oliveira, paranaense radicada no Rio.

Entre suas atividades de igual impacto, fez parte da equipe do *Pasquim*. Lembrava de ter criado a palavra "dica", que usou para batizar, nesse jornal, uma coluna, em que reunia indicações culturais e gastronômicas. Acabou ficando sem registrar sua invenção vocabular. Anos depois, num dos textos que escreveu sobre o *Pasquim*,[1] destacou esse feito, dizendo

1 Disponível em: <https://bndigital.bn.gov.br/dossies/o-pasquim/memorias/olga-savary/>. Acesso em 14 mar. 2024.

que a alegria era uma espécie de exorcismo utilizado pela humanidade diante da crueza da vida. Relembrou que elegera a alegria desde criança, era uma de suas palavras-chave, junto com dignidade. Dizia que a vida a ensinou a ser prática e, embora discreta e reservada, considerava-se sobretudo ousada. Por um triz não fora presa ao lado de outros companheiros de redação — um deles, seu então marido e pai de seus dois filhos, Jaguar —, ameaçada pelos censores não só do *Pasquim*, como da *Tribuna da Imprensa*, outro jornal onde mantinha expediente. Tradutora de Neruda, vertia seus poemas de amor quando o censor avisou: "Só sai hoje. Não sairá mais". Afinal, o poeta era comunista. "Se sair na próxima semana, a senhora será presa. Vai em cana!" Segurou o riso, mas depois riu muito, embora fosse sério.

Não apenas Neruda, outros nomes importantes da literatura latino-americana contaram com sua tradução para a língua portuguesa, como Borges, Cortázar, Octavio Paz. A dedicação era, sem dúvida, outra palavra-chave. Organizadora de numerosas edições, chegou a contar mais de mil e quinhentas participações em livros, pessoais ou coletivos. Numa das antologias de poesia que produziu, demonstrando mais uma vez a tão propalada ousadia — ainda que com temperamento discreto e reservado —, convenceu Quintana a fazer poesia erótica. Essa trajetória laboriosa, combinada a uma sociabilidade extraordinária, talvez explique a quantidade de nomes a quem dedica os contos — a cada começo de história, um desfile de poetas e escritores de ambos os gêneros, toda a literatura brasileira do século XX.

De volta aos contos deste volume, vale destacar o diálogo entre um homem e uma mulher que habitam "Não a cauda de sereia", um dos mais extensos. A personagem feminina é nomeada Ana, Aninha, Aníssima e Anaí, "mistério puro, esfinge", anotando entre folhas de papel. Não a desejando somente pelo corpo, o amante quer sua cabeça. Seu interlocutor lhe diz: "Você é engraçada, uma mulher muito estranha".

Ela responde: "Mas não se iluda: paga-se um preço muito alto para ser assim, para ver e sentir as coisas desse jeito. Será que vale a pena? Não sei, não. Mas acho que no fim das contas vale. Mas vá lá saber se se tem escolha!".

Quem sabe possamos encontrar uma fala da própria autora em sua personagem. Olga Savary, ao mirar o abismo, não sentia medo, agia impulsionada por seu olhar dourado.

Joselia Aguiar é jornalista e escritora. Atuou em jornais como *Folha de S.Paulo* e *Valor Econômico*. Foi editora da *EntreLivros*, revista que circulou entre 2005 e 2008, e curadora de eventos literários como a Flip (Festa Literária Internacional de Paraty), nas edições de 2017 e 2018. Com seu livro de estreia, *Jorge Amado: uma biografia*, publicado pela editora Todavia, venceu em 2019 o prêmio Jabuti na categoria Biografia, Documentário e Reportagem. Dirigiu a Biblioteca Mário de Andrade entre 2019 e 2021. Organiza para a Rosa dos Tempos, selo do grupo Record, a coleção Brasileiras, que reúne perfis de grandes mulheres que construíram, expandiram e transformaram seus campos de atuação no país.

Auto-retrato possível (bico-de-pena)
Desenho de Olga Savary
Rio de Janeiro, agosto 1988

Este livro é dedicado a:
Acyr Castro
Agnese Purgatorio
Ana Suruagy Botto
Ângela e Jorge Pontual
Autran Dourado
Beatriz e Carlos Heitor Cony
Cesar Thedim
Edmilson Rodrigues
Esdras do Nascimento
Ignácio de Loyola Brandão
Jair Ferreira dos Santos
Raduan Nassar
Ricardo Boechat
Rubem Fonseca
Sonia e Antônio Torres
Zora Seljan e Antônio Olinto

King Kong × Mona Lisa

para
Zélia e Ariano Suassuna

A primeira coisa que dele teve foi a ameaça de sua morte. Uma ameaça vinda através de guinchos, gaitadas, pios, rugidos, uivos, assobios, risadas, toda a algaravia por ele usada para a sedução. Era possível um ser tão vital com essa obsessão pela morte?

Ela acha que o amou desde esse primeiro momento, embora não aceitando esse amor, esse seu sim à vida ao saber-lhe a ex-futura morte, e esse se dar tanto, o se dar todo, até demais. Era possível, tão exclusivista, amar um ser se dando assim, tão selvagem, tão espontâneo, se dando a todos: um ciúme a crucificar. Imaginou ser ele o mar para não sofrer. Por ser o mar de todos, e, assim, que outro jeito teria senão aceitar um tal requintado primitivo.

Um amor sem quase nada de particular, forte e violento, mas quase impessoal, algo de amplo, sem espaço ou tempo, como por um mito ou coisa arquetípica. Amor seria isso? Então era isso amar? Amor não era. Era é paixão. A paixão não lhe era estranha; antes, velha companheira. Mas a paixão com tal violência a assustava um pouco, como antes o medo da vida, ainda que não mais agora. E a paixão era um tanto trágica. Assim a aceitava: com esforço, com dor, mas também com gozo.

Caça ou caçador, quem era? Aparentemente era ele o caçador, com tantos meneios mais a sedução, a estranha tensão de não poder passar tempo sem tocá-la. Era uma impossibilidade não tocá-la — dizia ele —, saber-lhe levemente a pele, a quentura e o morno da carne pressionada para mais tarde conhecer coisas mais rudes e tensas. Era ele o caçador. Mas quem lançou senão ela o que deflagrou tudo, uma distraída provocação sensual sobre as coxas de Pelé? Nem ela soube se teria sido intencional, mas falou assim, de como eram belas as coxas de Pelé, o que o intrigou. Como tão grande timidez deixava escapar tal insolência?

Não se teria sabido o esplêndido animal que era à falta deste esplêndido animal que via agora e que, à primeira vista, a ameaçava e se ameaçava para ela com a proximidade passada de sua morte. E essa morte não vista, apenas entrevista, já passada, era a grande ameaça para que ela conhecesse sua real vida e quem ela realmente era a partir do conhecimento dessa fera.

King Kong — ela pensou —, vou chamá-lo assim, assim vou chamar a fera que me dará vida, como uma nova mãe-terra, a força animal até então desconhecida, a força primeira que, tomada nos dentes como o seu bocado primevo, a faria florescer e aceitar a vida com seus jogos, acertos e armadilhas. O perigo? É, era o perigo. Mas também a vida, a vida com suas espadas, seu cheiro acre e álacre, seu bafo feroz e comovente.

De uma vez que lhe dissera o nome que secretamente lhe dava, houve o espanto: mas não combina com você, que é minha Mona Lisa. Ela sorriu sem dizer nada, pensando: mas é de você que falo. Como fazê-lo entender? E era preciso? Uma fera é uma fera — e pronto. Nada de fazê-lo entender o que ele é. King Kong. Claro que era uma insolência. Só que agora fazia parte do jogo. Era tão fácil perceber. Não tinha ele só a maciez da polpa, também possuía as unhas. Mais que isso: as garras. A boca não era só um fruto do mato, toda polpa, úmida e abrangente, toda língua. Era também dentes, as presas afiadas, esplêndidas mandíbulas.

Um ser amorável essa fera, mas também de aguda crueldade e um tanto sádico, seu corpo marcado a fogo (o da paixão) como as reses que têm dono: dois K ardiam-lhe na anca. Poderia ela amar uma tal mistura de prazer e perigo? Mas era já impossível retroceder. Seduzida pela fera, já não podia reconquistar a si mesma. Agora que sabia seu corpo através do outro, seu espelho. Era a guerra, a paz dos abismos e da beira do desfiladeiro dos que nascem do furor da paixão, da lambida de sua língua rubra. King Kong: o êxtase e o horror. Rodeado de mandacarus, de cactos.

O olhar dourado do abismo

para
Zélia Gattai e Jorge Amado

Conhecia o gosto da palavra medo, conhecia o cheiro da palavra medo, o som da palavra não tendo primazia sobre ela. Tinha a vocação dos abismos — e não sabia.

Ainda não entendera ao certo se a possibilidade maior estava no primitivo, nas coisas primitivas, ou no requinte. Porque fundamental era o mistério, e mistério nos dois havia.

Ela estava na restinga, o capim chegava-lhe aos tornozelos como poderia atrevidamente tocar-lhe o alto das coxas, o mar vinha na salsugem até seu corpo numa espécie de andar como o coleante rastejar das serpentes. Nunca vira olhar mais sensual, mais direto, mais provocador e animal do que esse olhar úmido e duro a um só tempo, cheio de desejo dela, mas sem ternura alguma: sou teu inimigo, te matarei de prazer e não terei piedade. O olhar dourado do abismo, o olhar-cor-de-mel-da-paixão-puramente-animal-sem-a-menor-ternura, urgente, na restinga.

Homem algum a tinha olhado assim antes, tão friamente, com essa frialdade de posse. De imediato esse olhar criou um elo quase arquetípico entre os dois, uma cumplicidade. Ninguém jamais a tinha olhado assim e penetrado esse ponto perdido de sua consciência de ser também, súbita e violentamente, um animal, com esse magma a rugir nas entranhas como uma fera no cio.

Como teria ele entrado de seu inconsciente para a clareira de sua consciência? Depois da mitologia e de Gamiani?

Este olhar: a figuração de um sonho? Apanhada na armadilha, os pontos nevrálgicos da paixão em seu corpo — os pés em primeiro lugar, quase oriental que era, a nuca, o longo do dorso, a parte de fora das ancas, o interior das coxas, a vulva — foram tomados, como uma fortaleza, de assalto por este olhar. Toda uma sarça ardente, sentia-se também um animal.

Sua consciência se esvaía, estranha e febril, como uma rápida perda da memória. Nunca tivera sido tão fêmea como então, refletida nesse olhar.

Feras agora, os músculos de ambos estavam retesados, possessos. Sua sede? Um castelo de águas? Só abrasamento e fúria essa atração. Bode, planto em ti um jardim de crinas e de espantos.

O olhar mais sexy que tinha visto. O olhar dourado do abismo. E era de um bode.

O ventre da baleia

para
Carlos Nejar e Elza dos Pássaros

Aventureira sem aventura sou, embarcada totalmente na nave da loucura. Quinze dias eu quis viver sob teu teto. Tal qual Jonas, mergulhar no ventre da baleia. Pelo prazer do risco, paixão do abismo. Só que de calor, de aconchego, só um frio como há muito a cidade não tinha: cinco graus. Em vez de magma, o frio. Frio e mais frio.

Como se diz que bom cabrito não berra e não se deve passar recibo, com meu estoicismo herdado de família aceitei as regras do jogo. E do teu frio e do frio da tua cidade, de tua casa, por orgulho transformei o gelo em coberta, indo dormir fazendo amor com teus objetos, tua casa abandonada, suja, empoeirada, oca, vazia, a fome e o frio, eu enregelada, quando a noite abria sua última pálpebra, falando com as torneiras avariadas e teus dois pássaros famintos, as árvores vistas da varanda no gelado ar de fora e no gelado ar do quarto.

Aqui, pois, vivi por quinze dias toda a vida que quisera ter vivido, lugar de água em vez de mar de poeira na empoeirada sala. Pés no chão, a poeira era meus sapatos. A poeira se enredava em minhas pernas, subindo e fiando em meu corpo nu um manto sórdido. E em meu colo apertando o cerco: um colar. De pó.

A poeira dizia: ama-me se puderes, temos tempo, que meu dono demora, tem vagar. Há dezessete anos — ou quase — vivo a insônia de possuir-te em tua ausência ao tocar-te no que outrora te cercava. Esta é uma vida fictícia, morte viva, falso trigo. Água de fonte é que não é. E o sal do mar não chega à tua língua.

Nem o telefone toca. Não há frutas de boas-vindas que eu esperava. Nem flores que enfeitem, a disfarçar a ausência. Há é um acerbo anel de poeira, em vez de abrigo, a me esmagar.

O tempo urge. E ruge. Pra nós que nem ao menos temos o mesmo ar, já que moramos em cidades diferentes. Amor nascendo entre dois corpos separados por cotidiano e dever.

Eu então não sabia. Mas tudo fazia parte do jogo: o do senhor da morte com a senhora da vida.

Imersa neste pó que me respira, tira-me o ar, faço respiração boca a boca comigo no espelho. Tua casa, amor, a casa que me deste pra morar por quinze dias (ou quantos eu quisesse, mas que eu não mais quis), é um deserto. Não um deserto de areia; de poeira, a amortalhar-me a espera destes dezessete anos — ou quase. Por não teres coragem de exorcizar-me cara a cara, o fazes com pó. E então, bíblica, não é estátua de sal que me torno. Viro estátua de pó.

Cunhã e Apiaua[1]

para
Célia e Eduardo Portella

Castelo não há. E, se houvesse, estaria apagado, sem as inumeráveis luzes, acesas, nos salões, nos grandes quartos, mais o parque.

Castelo também não haveria porque — malditos ambos, fêmea e macho — seu teto é o hoje. Que outra coisa a apostar senão no presente? Não há ontem nem haverá amanhã para falar desta mulher e deste homem. Eles nada têm, nem história — para que teriam? —, a não ser o insensato amor deles.

Ela não o quer, mas ele é o seu homem. Ele olha e mede todas as mulheres, mas ela é sua fêmea, aquela que o completa.

Este homem a irrita, mas é ele que ela quer. Para tocar, engolir com os dois olhos e o par de bocas, por inteiro, todo dentro dela. Porque é seu. E ele se debate, se rebela, porque sabe disso.

1 Respectivamente, "fêmea" e "macho" em tupi.

Curare[2]

para
Elmer Corrêa Barbosa

Deitada na relva, emersa dessa piscina de sol, ganho no colo um presente da grande árvore, agora meu teto: ponta de lápis, minúsculo seio? É ao que se assemelha a minúscula forma vegetal. Penso na beleza da vida e em meu homem enquanto bicho, na beleza do corpo também mente (que mente e corpo somos), feito à minha imagem e semelhança, minha costela-homem, extensão de mim. Hein, costelinha? Nado em suor, em sal, me inauguro outra e sempre a mesma — sem virar jamais o que era.

Vida então é o gozo de, iniciado o jogo, viciar os dados: a cega fome ancestral dessa pantera, minha e sua, dessa fera fascinante e odiosa trucidando a paz que inteira a ecologia do ser.

Uma festa é o que ele é: afoxé, fandango, folia de reis, boi-tinga, boi de mamão, boi-bumbá, cordel, capoeira, chegança, cambinda, quilombo, carranca do São Francisco, tambor de mina, tambor de crioula, congo, canga, mineiro-pau, reisado, jongo, festa do Divino, cavalhada, ticumbi, torém, coco, zabumba.

Minha caça, presa fácil (não, difícil — pra não dizer impossível), circo e pão, moto-contínuo, consumismo, consumação,

2 Em tupi, "veneno de índio usado na ponta das flechas".

consumição, misticismo, excomunhão, círculo vicioso e de giz, beco sem saída, arquétipo, ícone, títere, mito.

Anda nu que nem bicho a hora que quer, veste-se de homem quando precisa. Correm em seu sangue os rios do Xingu. Mais: o Amazonas, o Tocantins, o Paraná, o Parnaíba, o Negro, o Araguaia, o Paracatuba.

Viva a vida, ó uirapuru (flauta encantatória uma vez na vida), pajé da tribo, cacique, tuxaua da mata, morubixaba, ita isso, ita aquilo, coração de pedra, pedra viva, vira rio, vira boiuna, visagem, assombração, vira peixe e caça de comer, vira milho, maiz primitivo destas Américas ameríndias, mandioca da roça, susto, sustança, surpresa, perfume exótico, minha dose pra leão, ideia fixa, fantasia, reflexão, prazer, senso sem sentido, deus-dará, útil flagelo, vira estrela na noite cheirosa. Vira nuvem ou, antes, transpiração, evaporação da água, aí sim, vira nuvem, vira chuva (ou como dizem os seus: desabam as nuvens). Vira sol e estrela da manhã, da tarde e da noite, e o que mais houver. Vira Tupã, Anhangá, sortilégio, labirinto. E Maiua, o boto encantado a seduzir.

É arara-vermelha, papagaio do mato, ferrão de arraia, a correnteza, áspera e terna fibra de buriti, a palmeira, a palma de carnaúba, arco-íris, mato rasteiro, junco alto, erva miúda, serra azulada, montanha roxa ao longe, água cantando entre pedras, aguinha de riacho, fundo de rio presenteando muiraquitã, cheiro bom de capim-gordura, de capim-cheiroso, vetiver, fruto do mato, deserto/oásis.

Sua voz, modulada e grave, como jamais se viu, boca a mais bela e cheia, a língua sábia e ágil: fartura sem fartar, o melhor alucinógeno inventado em Pindorama, quando Pindorama era só Xingu.

Tem sexo longo, nunca muito a prumo como pediria o seu e o meu desejo, meio murcho, de índio, bandeira a meio pau, mas sabe bulir mulher, deixá-la doida, doidinha, toda molhada, alça-a para o alto, com dedos sábios e língua.

Tuxaua do corpo e da alma, sabe como ninguém as artes do namoro, da sedução, dos mistérios do prazer, porque sabe ser ele mesmo e por saber jogar o jogo de ser abandonadamente extensão do outro.

Nada mais belo que o homem que sabe honrar uma mulher, o macho que honra a sua fêmea. E, como é índio, chamo-o Xingu. Que sabe honrá-la, Xingu, em Pindorama.

Memória do Jardim

para
Yvone e Josué Montello

Faz tempo. A memória do Jardim registrara a Guerra Santa. Em meio à luxuriante vegetação, sumaúma-da-várzea, sumaumeiras, árvores colossais, delicadas águas cristalinas deslizando sem parar, mas nunca pelo mesmo leito, amplas quedas-d'água desabando incessantes e uma certa cobra lânguida assistem impunes à primeira cena que se repetirá, se repetirá, se repetirá, ao longo de anos, séculos, milênios, pelos anos-luz. Até quando?

Assim, não contente em ter o corpo de Eva, Adão pediu-lhe a alma. Em verdade, em verdade vos digo que não era um pedido, mas sim uma exigência — e das ferozes. Pode uma mulher de quarenta e seis dá-la a um homem de vinte e dois anos, nascido recente da costela dela? Não difícil, impossível: ele já estaria velho demais para ela.

Adão tenta de todos os jeitos: chora lágrimas de crocodilo, lágrimas secas de mentira, e lágrimas verdadeiras, jamais vistas por olhares humanos, que nem aquelas das desesperadas figuras esquálidas na pintura de Portinari. Ante a indiferença dos animais da floresta, do Grande Jardim, se dilacera, grita, se descontrola, uiva blasfêmias contra a fêmea que ele diz amar e que, pasmem, incrível que pareça, no fim das contas ama mesmo (só que, como também diz, à sua maneira — que não é a medida dela). Lança-se, embora fingindo que não, sobre outras mulheres clones de Eva, no intuito de provocar a fêmea dele, mente, inventa, fantasia, faz de um tudo na mentira, delira masculinas utopias.

E torna a pedir sua alma. Ela a daria, sim, se ele aceitasse esta oferenda:

— Toma, Adão, que é também o ilhéu marajoara Jaime, que é o misterioso Wladimir, que é o singelo tabaréu Nélio, mais os matutos Bertoldo, Bertoldinho e Cacasseno, clones que virão. Por que não terei eu o direito de exercer também a perversidade?

Ele então blasfema contra o Amor. De que adianta? Mas ele se contorce, se debate, diz tudo não dizendo nada. Tudo perde o sentido em sua algaravia. Faz com as mãos um apertado, mais que apertado, exasperante anel na garganta dela, a ponto de Eva perder a noção do Éden e de que seu corpo é dele, a ponta pontiaguda de uma afiada faca dirige contra o pequeníssimo vale entre as clavículas, com certa indecisão, mas, com mão certeira, crava-lhe a raiva ancestral e a mata.

E fica sem a alma.

Não a cauda de sereia

para
Cecília Costa e Ivan Junqueira

Ele — Eu? Não uso anel. Você que é o meu anel. De carne.

Ela (para o leitor) — Adivinhe qual anel e qual o dedo.

Ele — Do meu tamanho. Agora, não dizem que as pedras rolam, que até as pedras se encontram? Você pra mim é pedra marcada. (E como uma ameaça.) Você pode um dia sumir que eu te encontro.

Ela — Tal é a obsessão? Que medo! Ainda mais eu que ajo de relógio parado.

Ele — E seu nome não é seu nome. Você não tem nome. Quer dizer, sobrenome. Você é Anaí.

Ela — Ana aí ou só Anaí, o sufixo/diminutivo usado pelos nossos indígenas?

Ele — Não é Aninha, não. Mais que Ana: Aníssima, Anérrima.

Ela — Olha só por quem você havia de se apaixonar, hein? Antes de mais nada uma mulher morando em outra cidade.

Ele (falando para o leitor e depois para Ana) — De primeiro bateu uma tremenda atração física. No baile onde a gente se conheceu, ao dançar com ela, ao tê-la junto ao meu corpo, correu-me um calafrio, como o da febre, sabe? Mas, pensando bem, era mais uma atração espiritual.

Ela — Espiritual? Estás brincando! Isso na minha terra tem outro nome.

Ele (de novo para o leitor e para Ana) — E mais tarde, enquanto eu falava, falava, ela, mistério puro, esfinge, pegava umas folhas de papel e anotava, anotava. Tomava nota sem parar. Uma vez, de relance, pensei ver escrito numa folha o meu nome. Será? O que seria?

Ela (sorrateiramente para o leitor) — Perguntou-me e eu disse que não. Eu lá iria dar bandeira?

Ele — O que estaria escrevendo? Em que pensaria?

Ela (para si mesma e para o leitor) — Como um brinquedo que a gente abre para ver como é por dentro; era assim o tipo de dedicação que ele tinha por mim. Não lhe bastava ter meu corpo. E olhe que não era pouco o que ele gostava de o ter, de se roçar em mim, de me tocar, apalpar, brincar comigo em jogos os mais sérios dentro de um ritual, mas ritual lúdico, exacerbadamente sensual que era, nesse ponto meu gêmeo.

Mas ele queria mais. Queria a minha cabeça, para ele fascinante. Porque, sabe, ele era inteligente, embora primitivo, inculto. Uma das mentes mais sensíveis, boas e refinadas, dentro da rudeza, que eu jamais havia conhecido.

Ele (adivinhando o pensamento dela) — Eu não sou culto, mas te amo com inteligência.

Ela (de novo para si mesma e para o leitor) — Com essa joia do pensamento ocidental, precisa e contundente, fui comprada. Porque, sendo uma contemplativa, a objetividade extrema e o dizer direto me fascinam. Embora de maneira rudimentar, metaforizava o tempo todo. Uma palavra não era essa palavra. Pedra, por exemplo, não era a palavra pedra, mas o símbolo dela. "Abra a fruta que eu venho com o creme", dizia ele. Metáfora em cima de metáfora. Mas pergunte se ele lá iria saber o que era metáfora. Nem nunca. Já reparei que, quanto mais primitivo — mas primitivo requintado, veja só —, mais floreado, mais metafórico. Talvez por um elo maior com o inconsciente.

Ele (complementando) — É, um intelectual é que eu não sou.

Ela — Graças a Deus, que intelectual é uma raça muito chata. Isso quando é só intelectual e não também um curtidor de tudo quanto é coisa, um grande curtidor da vida. Por isso mesmo é que você é solto, espontâneo, o suprassumo da sensualidade. Quem não cria no trabalho vai soltar toda a criatividade na cama, e daí salve-se quem puder. É um deus nos acuda. Abaixa que lá vem bala, e da melhor: todo o requinte a que se tem direito.

Ele — Você é engraçada, uma mulher muito estranha.

Ela — Mas não se iluda: paga-se um preço muito alto para ser assim, para ver e sentir as coisas desse jeito. Será que vale a pena? Não sei, não. Mas acho que no fim das contas vale. Mas vá lá saber se se tem escolha!

Ele (intensificando-se) — Você é uma fêmea que deixa a cama em pé de guerra, em pé de muito amor. Faz o peito da gente estourar úmido e quente. Você faz curativos vários em uma ferida curada que sempre volta a se abrir.

Ela (encontrando uma justificativa, como aliás para tudo) — Não sei por quê, e ao mesmo tempo sei, mas o erotismo veio junto com o humor, a ironia. E com certa amargura, no entanto, carregada de tolerância.

Ele (querendo acompanhar, mas meio sem propósito) — Também não sei por que o amor pesa em nossos corpos como pesa o rubro vinho no verão.

Ela (justificando-se de novo) — Posso dizer que sofro um surto de paixão? É, poderia dizer que sim. Pois desejo este homem desde que o vi. Quero-o em mim até que ocupe toda a minha consciência, até sangrar, até rasgar-me. Estou exagerando, mas uma certa violência não é malvinda, uma certa rudeza pelo menos. Não é que Nelson Rodrigues tenha razão. Se bem que isso de crueldade na minha cabeça é uma ideia bem romântica. Sou do Partido da Mulher. Mas tenho uma cabeça meio machista. Foi bem-feita através destes milênios a lavagem cerebral.

Ele — Estranho é este bicho mulher.

Ela — Não é uma paixão como você está pensando. Seria assim como uma paixão fria, dá para entender? A fúria no corpo, desejo avassalador, paixão desenfreada etc. e tal, todos os chavões que definem a coisa. Mas enfim fria, a não ser no uso.

Ele — Por quem eu teria de me apaixonar? Uma fêmea muito quente, mas de coração de ferro. Puta de coração gelado. Você brinca com os sentimentos dos outros. E talvez com os seus próprios. Veneno pra matar não precisa muito. Pouco que seja já basta.

Ela — Falar de veneno em casa de feiticeira! Só você mesmo pra não ter medo da Grande Bruxa.

Ele (ao leitor e finalmente para ela) — É, eu queria aquela mulher, entrar nela, encontrar-me e perder-me nela, fazer-lhe amor até a morte, exauri-la. Depois, conhecendo-a...

Ela — Conhecendo "biblicamente", não é?

Ele — Acabei amando-a mesmo. Duvido que outro homem a tenha amado mais. Que nem eu, duvido. Não era só paixão. Era amor no duro. Amor, sabe como é? E queria a sua cabeça, a coisa mental, onde ela era mais ela, e eu não alcançava. O corpo só já não chegava.

Ela — A cabeça? Como? Que que é isso? Não sendo Salomé nem Herodíades, pra que minha cabeça, pedida em uma bandeja? Assim, sem mais? Tipo São João Batista? Logo a Grande Sede do Prazer? Para com isso. Assim acaba a festa, acaba o circo, e (que nem o que aconteceu em *Império dos sentidos*) não voltaremos à cena, senhoras e senhores, para o próximo espetáculo.

Camanau[3]

para
Afonso Celso G. Reis (Afonsinho, jogador de futebol)

Rainha do Impossível, eis o que sou.

Hoje me sinto frágil o bastante (e forte) para admitir isso. Antes, não: eu me achava no direito de todas as possibilidades. Quem sou eu que não me entendo? O que quero afinal? E eu lá sei? Quero dizer afetivamente. O resto das outras Terezas — porque sou várias — consigo segurar pelo cabresto, tenho a rédea na mão. Quanto a esta Tereza-mulher, sinto quase uma estranheza, acesso ao mistério, regresso ao abismo.

— Você não passa de uma boa burguesa — me disse Abel uma vez.

Sei não. Não é assim que me vejo. Ou melhor, quando me casei com Ruy até que tentei ser uma boa burguesa. A mulher é condicionada para isso. Dá para negar? Mas, apesar de não ir ao ponto de me entregar a um fracasso, devo admitir que ser uma boa burguesa não fazia parte do meu repertório. Não era da minha natureza. Tentei, num tremendo esforço de reportagem, ser uma boa mulher para Ruy. Meu marido pra cá, meu marido pra lá, ótima dona de casa, mãe exemplar das duas filhas, relações-públicas de toda a família. E até que consegui durante longo tempo desempenhar

3 Do tupi, "caça". Ao mesmo tempo, um jogo de palavras: "cama" + "nau".

essas atribuições, esses papéis que eu mesma tinha me dado no teatro da vida. Porque tudo é teatro — o tempo todo — de uma maneira ou de outra, ninguém se engane. Não é desse jeito que a vida é?

Na época só sabia ser uma boa esposa. Meu marido é que não soube bem vestir o seu papel nessa história toda, como se estivesse metido numa roupa apertada ou larga demais. Aparentemente sim: gentil, apaixonado, dedicadíssimo, orgulhoso de mim (orgulhoso do objeto de sua propriedade, dizendo melhor), não saía sem a minha companhia pra nada, fiel (fiel em relação a outras mulheres, embora tenha me traído em tudo o mais). Porém, no fundo um sujeito só na dele, um tremendo egoistaço, narcisista camuflado, tipo vampiro a sugar da minha carótida energia e segurança.

Então, de sensata, do que esperavam de mim, virei a casaca para o desejo de mim mesma, minha segunda pele. E troquei a segurança do chão ao tornar meu casamento o único possível impossível.

Foi aí que conheci Abel, arrebatada pelos ares na rubra carruagem da paixão. Não vi mais nada, do futuro me lembrando vagamente. Por que me veio essa imagem? Não sei. Vai ver que o futuro passou a me interessar nada ou muito pouco, deixei de investir nele, alguma coisa por aí.

Meu terceiro homem. E, no entanto, tinha o selo de primeiro. Foi Abel quem me fez sentir verdadeiramente mulher. Até então eu tinha pudores incríveis. Odiava que me chamassem do que eu realmente era. Por exemplo, se alguém dissesse de mim *mulher maravilhosa*, eu pulava e dizia que eu era uma menina. E isso já com trinta e poucos anos.

Desse jeito é a paixão: uma espécie de fatalidade. Tudo antecipava Abel. Tudo o que eu vivera antes como que me preparava para sua chegada. Abel era anterior a mim. E o único a me deixar marca.

Apesar de Ruy, que tinha me tirado a virgindade pelo casamento, na chamada noite de núpcias (não na primeira, mas na quarta ou quinta, quinta vez, digo, depois de infrutíferas tentativas, pelo que aliás lhe fiquei eternamente agradecida pela gentileza, embora com a mais total falta de charme), e apesar também de nossas duas filhas, eu me sentia virgem.

No começo do meu casamento eu era uma, una. Depois virei muitas. Mas essa era agora apenas uma constatação minha. Porque meu marido sempre dissera que casara não com uma só, mas com uma tropa de mulheres, que eu era uma festa, o antídoto pra monotonia. Embora, dizia ele, com uma única ressalva: de forte temperamento, dava-lhe os melhores e os piores momentos de sua vida, paraíso e inferno no mesmo lote, veneno e antídoto no mesmo copo.

Abel? Ah, esse foi mesmo o primeiro. E eu? Uma desesperada. Fria, não. Cerebral, sim, embora lide avassaladoramente com a paixão. Sabe Ivan, aquele amigo nosso, poeta e psicólogo, que conhecemos na casa de Tânia e Luís Sérgio, com Rosa Passos e Paulo Ciranda tocando violão e cantando aquelas músicas fantásticas compostas por eles dois? (Aliás, ainda não entendi por que as gravadoras não descobriram Rosinha e Ciranda.) Pois é, foi ele, Ivan, quem me chamou a atenção para este detalhe fundamental da minha personalidade: telúrica e alada, só sei lidar com os opostos. Sal e mel, frio e quente, paraíso e inferno — deles eu sei tudo. Espaço e água: meus elementos. Pássaro/peixe, a paixão é meu ar/mar.

Hoje pra mim tudo é jogo. Fui séria demais. Adiantou? Me diz se adiantou. Resolvi então brincar. Nestes últimos anos não tenho feito outra coisa. Estou, como digo de brincadeira, na hora do recreio. E digo a você, Bruno, que apesar de tudo me ama, que acabou aprendendo a me amar (no começo era só tesão, não era?), que não é alegre de todo esta nova etapa de vida. Digo-lhe até que dói. Mas parece que o ser humano é meio masoquista, não é não?

Não esqueça que estou com trinta e sete anos. Não sei por que digo isso, pois você não esquece. Seria o último a esquecer. E sempre cobrando que, com essa idade toda, ninguém é mais criança. Há dois anos cheguei a me sentir velha. Mas acabei conquistando a minha juventude.

Picasso é quem dizia: juventude se conquista com o tempo. Hoje pra mim tudo bem meus trinta e sete. A comemoração, organizada pela turma mais chegada — você, Marylu, Edinha, Bisa, até Clara —, ressuscitou os desaparecidos de souza: Yêgbar e seu indefectível saxofone (acompanhado de uma canadense louríssima, pois ele só gosta de brancas, e quanto mais branca melhor), Abel o Olvidado e Ruy, depois de dois anos que nos separamos. No Primavera, lembra? Com uma decoração que, entre outras coisas louquíssimas, tinha um dragão desenhado e executado por minha amiga Virgínia Quental, descendo seu longo e colorido corpo de papel pelas escadas do sobrado em Santa Teresa. Foi a noite de glória do Primavera. Nunca mais houve outra festa igual lá.

Parecia que tudo andava na mesma, embora fossem óbvias as mudanças. Ruy dera de beber, ficando macambúzio num canto. Até que apareceu, não se sabe de onde, numa nuvem de enxofre ou coisa que o valha, uma mulher horrenda, cafonérrima (segundo ele mesmo, "bem vulgar"), com um chapéu desabado, fazendo gênero Greta Garbo dos pobres, à falta de algo melhor, uma vez que de outro modo não se sobressairia de sua mediocridade, que agarrou no pé dele — e daí você sabe no que deu. Coitado do Ruy, merecia melhor sorte. Mas às vezes suspeito que ele tem certa vocação para o horror. Com pavor da solidão, fica com esse desastre de mulher, esse aborto da natureza, sem saber desligar o botão ou pelo menos trocar de canal.

Abel, esse pra mim já era um passado meio enterrado, coisa remota, alguma cinza ardente sobre brasas mortas. Digo meio porque vê-lo acabava sempre mexendo comigo, apesar de já agora poder ver claro o grande pilantra que ele era. Mas não dizem que as mulheres têm às vezes um certo fascínio pelos patifes? Lá vou eu de masoquismo, embora Abel tivesse a boca mais bonita que eu jamais havia visto, dessas que talham um homem para a cama e põem uma mulher a perder.

Pra que mais? Acho até que ele devia mudar de vida: em vez da atividade revolucionária (embora sempre desviando dinheiro do Partido dos Trabalhadores pra causa própria — no caso seu bolso —, dando aqueles cursos malucos pra deslumbradas mocinhas intelectualoides e tentando encenar *O mistério careca,* sua peça teatral jamais montada, que te provocou gargalhadas homéricas, lembra, Bruno?), devia dedicar-se àquela profissão mais rendosa e antiga, se tivesse capacidade pra tanto, a garantir inclusive uma sobrevivência mais condigna, poupando-o das facadas e da dependência de mulheres a que estava sujeito fazia tempo, depois da perda do emprego.

Clara, você sabe, era uma das que inúmeras vezes emprestou dinheiro a Abel, dinheiro cuja cor, diga-se de passagem, nunca mais viu de volta. Destilando veneno, eu? Constato fatos, só isso. E não me olhe com esse ar recriminativo: admito que esse primeiro lado dos nossos eternos triângulos foi um desastre. Mas tudo vale a pena se a alma não é pequena.

Triângulos... Você sempre a cobrar de mim o meu envolvimento em triângulos. Tanto cobrou, tanto chamou a atenção sobre essas insignificâncias, que acabei tomando gosto. Cobrança é o que há de pior. Vira logo a gente do contra. No começo, quando nos conhecemos pelos bares da vida (que eu frequentava e você só ia por concessão a mim, contrariando seus hábitos caseiros), você bem que achava bom, porque era *você* o lado privilegiado do triângulo.

Sendo fotógrafo, sortilegiava pelo movimento, ainda que esse movimento na vida o machucasse. Deformação profissional? Sei lá, talvez. Mas que você gostava de ser o *outro,* gostava. Só não achou graça nenhuma quando entraram outros na jogada. Homem não tem o menor senso de humor pra essas coisas. Aliás, ninguém tem, não é? Mas mulher tem mais esportiva, mais jogo de cintura, levanta, sacode a poeira, dá a volta por cima.

Agora me diz: o que eu poderia fazer? Ruy tinha deixado de me interessar. Além de tudo não parava de se exilar quinzenalmente no tal projeto para granjas no Cerrado, sempre lá por Goiás. Quanto a você, Bruno, não me bastava tanto tesão e tão pouco carinho, tão pouca delicadeza. Você, como Ruy, carecia de mais calor, sutileza, paixão. Talvez os tivesse, sim, mas era qualquer coisa como uma paixão fria, gelada, se é que isso é possível.

Acabou me irritando até o inegável prazer que você me dava por acentuar sempre um sentimento muito grande de desgosto e solidão no depois. Era como se eu estivesse na cama só comigo mesma. Me irritava essa *paixão impessoal,* seu desinteresse pelas coisas de que eu gostava, por estar sempre demais na sua, pela mania de me dar presentes baratos, bugigangas, quinquilharias. Não era pelo valor em si, mas pela impessoalidade da coisa. Você se revelava nesses presentes.

Revelava a falta de generosidade, generosidade que só surgia na cama. Era uma maneira de não se dar, a não ser nos seus vinte centímetros sempre a postos. Um pão-duro mesquinho e miserável, assim é que eu o via. Culminou com a história dos brincos toledanos, o suprassumo da bugiganga comprada desatentamente na primeira esquina. Haja pouco-caso! E bote pouco-caso nisso. Decididamente não éramos da mesma tribo.

Por outro lado, no trabalho eu não ia muito bem. Rainha dos desempregados, você me chamava. Mas a coisa não estava para brincadeiras. A crise financeira e a onda crescente de desemprego ameaçavam fechar ou, na melhor das hipóteses, deixar sem muita razão de ser meu escritório para testes vocacionais. E você sabe que eu sempre colocara o trabalho num plano à frente de tudo em minha vida. A situação do país invadia minha segurança pessoal, desassossegando tudo o que eu havia construído e conquistado a duras penas. Como tantos outros brasileiros, me sentia perdida em um caos que não tinha a minha participação.

Chega de me dizer que não sou mais criança, trinta e sete anos não é tanto assim, deixe de exagero. Pra uns é até a flor da idade. Talvez por isso não posso me impedir de brincar. Aonde me levará isso, não sei. Fui séria demais, sempre.

O tempo todo. Séria com os outros e principalmente comigo mesma, com as minhas verdades. Acabou um jogo sufocante. Desculpa eu estar te dizendo estas coisas, Bruno. Como uma pessoa que no final das contas me ama um pouco, meu segundo homem, não deveria estar sabendo destes meus jogos. Mas não posso reprimir o prazer perverso de te contar. Posso?

Depois que te deixei (porque acabo deixando todos os meus homens, é uma sina, uma marca registrada de que não vou dizer que não me orgulho, por princípio rejeito pra não ser rejeitada, melhor fazer sofrer do que sofrer, odeio o acesso às lágrimas), após já ter deixado, de certa forma, meu marido, acabei deixando Abel — nesse caso, antes que ele me deixasse. Adivinha por quem. Vou te contar. Acabei abrindo uma porta que era a grande porta do mistério, da qual eu nunca tinha ousado sequer me aproximar, a não ser com os olhos e com as fantasias mais secretas. E o que os olhos viam não me dizia muito porque a razão dizia não. Daí o corpo nunca ter dito sim.

Não me prender a ninguém (estar em todas era não estar em nenhuma) dava-me o mais perverso dos prazeres, a sensação maior de liberdade que por exemplo a estrada dá: você já saiu do ponto de partida, de sua origem, de seu porto, por assim dizer, e ainda não chegou a seu destino, se é que o tem. Ou seja, você já não está em parte alguma. Solto, livre. É assim que você está, não estando. Direito à caça, era isso. Eu me sentia a grande caçadora, à procura de alguma coisa que eu mesma não sabia o que poderia ser. Então só a busca acabava sendo o fundamental, sabe como é?

Como uma Circe, sentei praça no zoológico para me regalar cada hora com um bicho diferente. Cínica, eu? Por que só ao homem se permite tal comportamento? Saí do tempo, e foi aí que acabei abrindo a porta da senzala. Sabe Tarzan? Sempre foi meu ideal de homem: viril e ao mesmo tempo terno, dedicado e protetor; rude, mas também doce; primitivo, mas com o requinte a bater na porta, o calor da selva temperando a mente. Uma fina iguaria carnal.

Entre Tarzan e King Kong, acabei notando Yêgbar. Notando como homem mesmo, quero dizer. Depois ele me disse que a indiferença que aparentava era mero truque, um estratagema, estratégia de conquista. Pois não é que eu tive um sonho mirabolante com ele, estranhando ser um sonho erótico? E acabou sendo Yêgbar mais um lado do triângulo, com saxofone, título de príncipe de um milharal qualquer do Camerum, o eterno sorriso, como um bom africano, sua esplêndida ludicidade e tudo.

A brincadeira até que durou mais do que eu teria permitido. Porque a perfeição dos jogos lúdicos do principezão fez a festa. Até que esse tipo de perfeição tão rasa, tão rente à terra, tão chão, me cansou. A fama não é sem proveito. O negro é mesmo o quente. E Yêgbar era o melhor homem que eu havia tido, aquele de dar o gozo mais intenso. Mas havia nele alguma coisa que me desagradava. No começo era bom, engraçado, era leve essa certa imaturidade que os negros têm.

Acho que é por uma razão social que no fundo eles são sempre crianças. Você vê os nossos negros, aqui no Brasil: por terem vindo como escravos, forçados, perdendo pelo caminho a família, os parentes mais próximos, introduziram em sua religião o pai de santo e a mãe de santo, substituindo-os pelos de sangue. E ficaram para sempre filhos. O nosso crioulo do Camerum não fez por menos: entrou no mesmo barco. E me cansou.

E daí, criança por criança, escute esta última história que eu vou te contar: a de uma mulher de trinta e sete anos, um menino de verdade, uma paixão e o Carnaval. Eis os ingredientes para o sonho máximo. Não se espante com a diferença de idade entre os dois personagens. Essas coisas acontecem, ainda mais no Carnaval, desencadeador de fantasias as mais impossíveis.

Sou uma mulher madura, inteligente, viva, alegre, ainda bonita. Ou você não acha? Não dessa beleza óbvia, mas daquela coisa luminosa e imponderável que vem de dentro, daquela energia vital que é a alma do negócio, sabe como é? Uma mulher que já quase não se fabrica mais. Inventaram uma outra, faz tempo, e depois perderam a fórmula. Uma mulher verdadeira — e nada mais fascinante que a verdade quando velada por um certo mistério. Garota-propaganda de mim mesma, eu? Pra alguma coisa há de servir a maturidade: cobrir pelo menos nossas falhas com essa overdose de segurança. É a lei das compensações.

E que é que tem vinte e cinco anos de diferença? Do homem pra mulher ninguém diz nada, ninguém se espanta. Mas o inverso, vou te contar. Não é não, Bruno? Diga aí. Inda mais você, que gosta de me crucificar. No entanto, estes são os parceiros ideais. Um menino com pique é o único parceiro possível para uma mulher madura, o basicamente mais perto da vida, assim como ela. Muitas vezes o homem da mesma faixa de idade, cansado e gasto, foge da raia porque adivinha, sabe que não vai honrar uma tal parceira.

O menino? Inseguro ainda, sim, mas inconsciente do temor se atira de ponta-cabeça, fascinado por esse vago perigo. É, e que ninguém me pergunte se estou viva. Eu estou. E como! Sabe, como vou te dizer? Eu, que há muito tempo ando meio sobre a insensível, que esqueço mesmo que estou mais é viva, fui mordida. É isso, acho que de certa maneira me apaixonei.

Como ele é? Do jeito que normalmente gostamos dos homens: à primeira vista, isto é, quando eles, homens, são nossos espelhos. Além de tudo, este tinha o mesmo pique que eu. Parece que te sobressaltei dizendo isso. É o seguinte: como espectadora, contempladora da beleza, e ele como agente, ele criando poesia no movimento, ambos no asfalto da avenida (onde ficamos por quase vinte horas até nos encontrarmos separados), ao sair da Marquês de Sapucaí na direção da Avenida Presidente Vargas alguma coisa me puxou para ir ao barracão da Mangueira. Ninguém me contou, e de repente me dei conta que ele era um ser especial. Muito na dele, olhando tudo com ar sério e observador, até um tanto crítico, lá com seus olhos dourados. Olhos tristes/alegres, doces, mas firmes, olhos que não fazem por menos: veem fundo como um laser dentro dos outros, porém sem peso algum.

Se eu cheguei a falar com ele ou se o diálogo ficou só na coisa do olhar? Sabe Afonsinho, o jogador de futebol? Amigo nosso comum, foi quem me apresentou: este é o Wal, Waldemiro Braga, mestre-sala da Mangueira. Conversamos de uma hora e meia a duas horas. E tenho certeza de que alguma coisa nos tomou de assalto. Estou falando do clima que pinta entre homem e mulher, sabe? É, foi assim mesmo. Não sou tão imaginativa assim. Ou sou? Tá bom, sou, sim, mas tudo bem. Vamos em frente. De que falamos? Do homem, da mulher, de coisas possíveis e impossíveis. De que mais senão da vida?

Mestre-sala ele era. E aí, de repente, nova mordida: ciúme da outra, a porta-bandeira, mais princesa que eu, o par supremo, a metade perfeita do meu príncipe de agora.

O samba-enredo de 1984 era uma vinheta auditiva no ponto a comentar este acontecimento dentro de mim: "*Yes*, nós temos Braguinha". Meio século de Carnaval. Cinquenta anos de alegria na história do Carnaval carioca, chamado de o maior espetáculo da Terra. A Mangueira foi buscar na figura do compositor João de Barro, Braguinha, o tema central de seu enredo. O Braguinha parceiro de Noel, de Pixinguinha, o amigo de Ary, de Almirante, de Lalá. Contemporâneo de uma era romântica do Rio de Janeiro dos velhos tempos: da Galeria Cruzeiro, do velho Café Nice, da malandragem da Lapa, do Rio dos bondes de cem réis, da Vila, de Copacabana e Paquetá. Braguinha de "Chiquita Bacana", "Estrela Dalva", "Balancê", "Touradas em Madri", Pirata da perna de pau", "Tem gato na tuba", "China pau", "Laura", "Linda lourinha", tanta coisa que ficou pra trás, mas suspensa na memória de Carnavais passados, por entre a vitalidade da alma das ruas, das cores, confetes e serpentinas.

Yes, eles tinham Braguinha. Eu também. Numa terça-feira de Carnaval, no barracão da Mangueira, tamanha luz do dia, tremendo sol ainda que coado pelas nuvens, os olhos ainda espelhados pela emoção do desfile na ida, Mangueira se fazendo campeã depois de onze anos sem vitória, e o outro desfile de volta, retornando na avenida já todo semidesmanchado, com o povo enlouquecido e emocionado pelo meio das alas misturadas, num desfile de certa maneira mais belo ainda pelo colorido inesperado, humano, a coisa louca e aleatória do Carnaval, e além de tudo um príncipe! Era demais para o meu coração. Perda de pé, excesso de asas no descompromisso total. Era jogo de cintura demais para o meu gosto. Mistura que me cheirava ao volátil do Arlequim, à inconstância da Colombina e a uma certa tristeza do Pierrô. Não seria melhor uma coisa mais sólida, alguma coisa que não a melíflua mistura das coisas de que vagamente não gosto, das coisas de que declaradamente não gosto: as marcas registradas desses três personagens básicos da Paixão, das paixões humanas? Mas eu já não tinha escolha. E o pior é que o problema não eram os três, sendo *eu* a Rainha da Contradição.

E lá vinha o samba de Mangueira, ilustrando o que eu estava sentindo, só que eu trocando o nome feminino da música (*Laura*) pelo nome dele:

> Wal, que não sai da minha mente,
> moreno, a saudade mata a gente.

Ele nada sabe, e eu sei alguma coisa da vida. Isso me confere poder. Pelo menos o poder de saber que

> hoje tem fogueira.

E também entra a minha fantasia de mulher só. É claro que é uma fantasia. Ou não é? Eu mesma te respondo, Bruno: o mestre-sala tem muito de príncipe mesmo. Pode açular, portanto, a fantasia de uma mulher. Seus gestos são másculos, porém gentis, é todo meneios de seduzir na mais antiga estratégia de sedução do macho para com a fêmea, tocando-a, levando-a pela mão, conduzindo a parceira na aventura da dança.

É, você vai dizer que *tem fogueira* mesmo, pelo jeito. Nossa emoção cria um elo de cumplicidade entre nós dois: ele fazendo beleza na dança, e consumidora fervorosa eu da beleza efêmera da sua criação. E todos nós, vassalos no Carnaval, caímos ante a majestade desse par, que repete no asfalto os ademanes de uma corte ancestral que o macho faz na dança da sedução para a sua fêmea, exaltação da mulher, sejam animais irracionais ou racionais, bichos ou seres humanos.

Você me olha contrafeito, alguma coisa te roendo por dentro. Mas pede mais. A curiosidade é mais forte — ou o masoquismo. Vocês, homens, gostam de sofrer. Já envenenado, pede uma dose maior, letal, para sofrer mais da dose já servida. Emoção, pureza, autenticidade (do que ainda pode existir nos desfiles de agora), empolgação, domínio do sonho (pois só o sonho, a irrealidade total, pode vir assim de verde e rosa) é com o reino de Wal. Mais a dignidade, da qual é o pequeno e legítimo representante, meu mestre-sala mirim. Um futuro Delegado, o mestre-sala titular? É, talvez um futuro Delegado.

Estou falando muito nele? Você quer saber, e quanto a mim nisso tudo? Quanto a mim, em vez de descer aos infernos (que os conheço todos), descer à terra, como já descera inúmeras outras vezes (ou melhor, até debaixo da terra, ao âmago, ao magma, por assim dizer), prefiro dessa vez subir aos céus, ao alto do morro, o morro de Mangueira.

Ao morro de Mangueira tenho subido sempre para ver Wal. Logo depois, passado o Carnaval, ele me ligou:

— Tereza, vem até aqui no sábado que vai ter comemoração na quadra. Você vem? Vem mesmo? — E acrescentando, apressadamente, quase sem coragem de dizer: — Estou com saudade.

Fui. Mas não foi logo que o vi. Estava tudo muito cheio. Perguntava por ele, e ninguém o tinha visto, ninguém sabia dele. De repente, visão do esplendor: Wal no alto da escada, aureolado pelas amplas saias lantejouladas das baianas. O pequeno príncipe, estático, buscando, buscando-me contra o fundo em movimento das saias verde e rosa da velha Manga. Ver-me iluminou seu rosto, por um momento não mais criança. E tenho certeza de que o meu também se iluminou. Um pouco confundidos, coramos ao perceber que as pessoas em volta flagraram o mútuo encantamento tão secreto. Avancei para a escada, ele desceu os degraus de três em três, em ponto de cair, e despencamos um nos braços do outro. Quanto tempo, dissemos juntos. E só fazia uma semana. Mil coisas a contar, a perguntar, a saber, e a gente só fazia rir, de puro gosto. Contou-me que seu nome fora uma homenagem do pai ao primeiro mestre de bateria da escola, Waldemiro Tomé Pimenta. Que seus amigos o tinham visto conversando um tempão com "uma moça bonita" e que ele tinha ficado todo prosa.

— Me sentindo menos criança, né? Acho legal a gente conversar, você não me tratando como menino. Legal mesmo. Não tenho muito amigo, sabe?

Mais tarde, no meio das outras pessoas, virando de repente para o lado de Wal, muitas vezes surpreendia seus olhares de admiração e alguma coisa assim como cumplicidade. Volta e meia, mil pretextos para estar perto, para me explicar qualquer coisa, para me apresentar a Mocinha, Zica, Neuma, Nininha e aos outros mestres-salas mirins, pois ele não era o único.

— Guarda pra mim — ele disse, entregando-me o diploma envolvido numa fita de cetim vermelha com que lá pelas duas da madrugada fora homenageado pela direção da escola. — O diploma vou guardar, mas a medalha, quero que você leve pra não esquecer de mim.

— E quem vai esquecer, Wal? Eu é que não.

Apertando-me o nariz numa momice, afastou-se com boca e olhos de riso. No fim da noite, despedindo-me dele para ir embora, surpreendi uma sombra em seu rosto beirando o desaponto porque a festa não tinha acabado. Mas eu tinha de ir.

— Volto semana que vem.

— Ah, você volta nada. Vai demorar pra voltar. Volta nada. Duvido.

Voltei à Mangueira esta semana, avisada pelo pai de Wal da festa de seu aniversário: treze anos. Disse-me que não faltasse, que o filho não fala em outra coisa a não ser em mim. Virei assunto do café da manhã, do almoço e do jantar na casa deles. Levei um livro de histórias indígenas, ele gostou, mas me olhou desconfiado.

— De outra vez prefiro um livro de poesia. Histórias são para crianças. E eu não sou mais.

Depois de muita cerveja, muito feijão e muita batida, o samba na vitrola começou a ferver, e todo mundo caiu na dança. Dancei com o pai e os tios de Wal, depois até com sua mãe e sua avó. Aquele tipo de festa descontraída onde, à falta de suficientes parceiros masculinos, dança-se com mulher mesmo, como nos bailes da infância, nas cidades do interior ou nos bailes rurais.

Wal era tirado pelas mulheres mais velhas da família, espécie de iniciação. Ele não tirava ninguém, pelo menos eu não vi. Até que me animei também a tirá-lo. Dançamos, tão próximos pela primeira vez, rostos quase se tocando, mãos quentes, sua mão na minha cintura, a minha sobre sua nuca descoberta pela camiseta, nós dois de repente sérios, sérios demais. Saiu da dança direto para a cama, preso quem sabe de uma emoção que derruba, arrasa, desarma qualquer resistência. Fui embora lá pela meia-noite, deixando Wal entregue, entregue ao seu sono. Ou a quê?

Você me olha hostil, como quem flagra um exagero mortal. Adivinhando o que me diria, se eu deixasse você ousar sequer, respondo-lhe: sim, estes meus príncipes, que te parecem uns primitivos, na realidade são uns requintados. Wal, por exemplo, pode ser até rude, mas também é terno. E ternura, você sabe, é artigo meio raro no repertório do homem.

Eu sei o que você está pensando. Pois lhe digo: não sou a Rainha do Impossível. Eu é que sou o Impossível. E a Rainha do Triângulo, você está a pique de dizer. Digo eu então. Vê se me entende. Wal é diferente de tudo o que eu já vi. Wal é luminoso, é a pureza, o papel em branco, quando os outros são sempre em carbono. Ele inaugura, funda, nomeia, dá a mim um poder que a didática do amor confere.

Rainha do Impossível? Eu sou. Só posso ter Wal daqui a uns dois ou três anos. Isso com chance. Por que só daqui a dois anos? Porque ele hoje só tem treze.

Como uma fênix sucumbo, mas aprendo a voltar sempre inteira. Você me dizia acabada — e, no entanto, livre. Livre, eu? Sim, porém pendurada sobre o abismo da minha liberdade, do meu poder de escolha, condenada à falta de chão.

Teria valido a pena ter me desvencilhado de tudo: marido, paz etc.? Apesar de tudo, acho que sim. Eu me ganhei nesse jogo. Aventureira e temerária, não confio senão em mim mesma.

Sei que persigo quimeras, filósofa com antolhos. Intrépida e corajosa, embora covarde e indecisa, digo além do que na realidade faço. Indiferente, amo além das minhas forças. Mas sei tirar partido da situação dos meus impossíveis. E a minha coragem me leva a arriscar a vida com um sorriso.

Abel, Ary e até mesmo você, Bruno, passaram a me ver de outro jeito, a me respeitar. Porque eu deixei de ser personagem da vida de cada um de vocês, a Tereza de vocês, pra ser só o meu próprio personagem. O personagem da minha própria vida.

Diana caçadora

para
Edla van Steen e Sábato Magaldi

Caçadora, ela segue as pegadas conduzindo ao prazer, alerta a tudo o que excita: coisas vividas, pensadas, contadas. Tudo o que a cerca enfim.

Explora a mata, a selva misteriosa e úmida. Toma de assalto o bicho selvagem a contorcer-se uma vez apanhado na armadilha da mão sábia. Regozija-se a fera no estremecimento latejante. Que, após saciada, volta a ser casulo. E, perplexa, sente o seu orgasmo de mulher — numa medida tão generosa quanto o do homem — encharcar-lhe estas mãos que a sabem.

Um pássaro na mão

para
Julieta de Godoy Ladeira e Sílvio Fiorani

1. Louca por cinema

De uma morta é que estou falando. Ou quase. Glória começou a morrer em 1964 e acabou, pra valer, anos depois. De quê, conto mais tarde. Se bem que morrer, ela morreu para os outros. Porque nasceu foi de vez para si mesma, investimento inadiável e certo.

Eu tinha por minha irmã uma paixão quase incestuosa. Muito mais nova em idade, sem heróis ou heroínas, sem grandes acontecimentos a viver, era da vida dela que eu vivia. E do que ela escrevia em notas de diário. Era assim um pouco *voyeur* de sua vida, com uma admiração beirando o fascínio que adolescentes costumam ter por atrizes de cinema. Glória era minha Marlene Dietrich, Hedy Lamarr, Ava Gardner, Romy Schneider, Ingrid Bergman, Greta Garbo — quer dizer, meio mulher, meio mito.

Isso a irritava um pouco. Mas a envaidecia também. Ela sempre dissera ter uma espécie de ciúme de si própria. É, sei que se amava. Embora às vezes fosse bem dura e cruel consigo mesma.

"Carrasca", chamava-a de brincadeira.

"Mas com ternura e compaixão", ela pulava logo.

Como certa vez que me disse, andando por uma rua transversal de Ipanema e ao ver uma palmeira velha:

— Tinham-lhe caído quase todas as folhas, o caule gasto, ela, descarnada, estava quase em osso, por assim dizer. Eu. Parecia comigo. Essa palmeira era eu. Em ruínas, continuava inteira, o cerne íntegro. Que nem o coração da alcachofra. Já reparou como é comovente o coração da alcachofra (que o defende com tão frágeis espinhos)? Como coisa que adianta! Que nem o coração da mulher. De Eva. Ou melhor, de Lilith. Pois prefiro aquela que transgride, a rebelde, a sombra, a que diz a que veio, aquela que dá as cartas: a ativa e não passiva, a senhora, a rainha. Essa palmeira, que era eu, uma metáfora da fragilidade disfarçada em força: a grande metáfora da vida.

Conversávamos horas. Melhor dizendo, ela falava pelos cotovelos, e eu a deixava falar, viajando em suas divagações.

— Continuando pela Gomes Carneiro, antes de entrar na Bulhões, vi, antes de o sol tombar, não um, mas dezessete sóis faiscando nas vidraças dos últimos edifícios, coados entre as árvores: relampejavam como fogos voadores, desses de filme de ficção científica, real e poético, vivido ali na hora. Hein, Bradbury? E eu a me sentir leve e livre, como uma solteirona. Só que não era: casada, um filho, dois enteados, cachorro, cágado, papagaio (e até unicórnio, embora sonhado). Todas as delícias provadas pela vida burguesa.

Essa história de unicórnio viera de sonho em que ela sonhara — mais uma vez, que cansaço! — com Jonas, o marido-namorado que o vento levara, a compará-la mudamente com um unicórnio. A única fala viva era a sua, retrucando, bem-humorada e gaiatamente:

— Pode ser até um unicórnio, porém um unicórnio simpático.

Tal comentário, mesmo em sonho, dava bem a ideia da estranheza causada por ela no parceiro. E sempre a coisa do mito nessa infindável série de filmes, digo, sonhos, onde sonhava e ressonhava com uma volta agora já impossível, volta que ela mesma nunca quisera, embora pelo visto desejasse inconscientemente. Mas, se não, que faria Jonas levado pelo vento nesses sonhos em cadeia?

Glória afirmara uma vez ter sido esse o único homem que verdadeiramente amara. Eu até acreditava. Mas não era dizer muito. Porque inúmeras vezes dissera também que nunca o amara, que nunca estivera apaixonada por ele, que dele "só gostara. Como um irmão. Algo assim".

E eu, cá com os meus botões: há sentimento mais forte que este desvelado por minha irmã e que, lançado e recolhido como um anzol, neste vaivém, nestas intermináveis idas e vindas, persiste, perdura, fisgando a dedicação do outro por tantos anos?

Foi o que pensei ao encontrar, no meio dos seus papéis, duas folhas já bastante amareladas pelo tempo, escritas quando tudo começou entre os dois, lá pelo início de 1953, sempre ao som de "I Apologize", na voz de Billy Eckstine.

2. Dentro da noite

Separar-se de quem se ama não é nada — a gente pensa — e segue adiante o seu orgulho. Mas já uma angústia dentro de nós vem crescendo, torna-se enorme, e, se a gente vem dar à praia, a garra das coisas rasga nosso peito, e a chaga nos leva a dissolver-nos nela.

A luz contra as costas joga a sombra de tudo sobre a areia. A sombra que chega e se enlaça à minha pode ser o que espero. Mas os passos e a sombra não são. Não fora o banco, estaria só num mundo onde tudo e eu o tornamos mais desabitado. Contudo, sinto vontade de pedir um cigarro à mulher fumando, costas voltadas para o mar, frente a mim. Seu cigarro vive, e eu quisera ter com que me sentir viva. Preciso — mas não peço.

Triste. Mas é uma tristeza doce. Me agarro a ela. Começo a olhar as coisas. Sobre mim, mar emborcado de folhas de amendoeira me comunica a sensação submarina. Mas vêm o sono, o frio, o medo. Fechar os olhos decepciona: cresce o submarino, visguento, pegajoso, dentro do escuro das pálpebras fechadas. Do escuro vem nadando um peso, vem o cansaço, mesmo com os olhos nascendo para a luz, salvos do negror. Porque volta o medo no recomeço da luta.

A vigília forçada se prolonga acesa dentro da noite. Se a gente pudesse se transportar direto do banco da praia para o quarto... Mas há que caminhar, os passos esmagarão a cabeça da sedutora serpente do sonho, e a noite se enovela como imensa alga invisível. Não vale quebrar o encanto. É permanecer. Um sonho, mesmo que mau, é sempre um sonho.

As luzes do Forte de Copacabana parecem de um navio no porto. Navio que chega ou que vai. E essa tristeza que não parte! Não tenho vontade de me matar. Mas é como se tivesse.

A lua treme na poça, resto d'água no canal. Junto, um conjunto de pedras lembra corpo branco, caído, de um mito antigo. Ah, essa é a saudade da lua de ontem com aquela nuvenzinha azul (azul impossível, quase doido). Adeus, nuvenzinha azul, nunca mais te verei, nunca mais. E quanto te amaria se voltasses, o que não te amaria se permanecesses!

Se ele vier, antes que a noite acabe e os bancos envelheçam com o luar, perderei tudo aquilo que pensei e que escreveria se ele não viesse, mas serei feliz.

3. Loucos por cinema

Isso daí foi escrito nos seus dezenove anos. Pra mim era claro como água ser uma declaração de amor. Ou não era? Mas ela apenas suspirou, rindo de uma dor que a dilacerara:

— Não leia, não vale a pena. Acho um texto chato, romântico demais. Ou o muso é que era chato? Seja como for, não leia.

Perdida em cismas durante um bom tempo, voltou pra mim numa confidência:

— Sabe, minhas viagens ocupam muito menos passos. Não gosto mais de ir muito longe. Viajar hoje pra mim é esse pequeno caminhar da minha casa em direção à rua. Mas sem chegar lá, sabe como é? Viajar, esse exercitar o amor. Às vezes ganhando perdas. Pé fora do chão só para ver cúmulos, estratos, nimbos e cirros.

A verdade era que Glória, por mais força que fizesse em se apaixonar, nunca o teria conseguido. Tentou de um tudo. Todas as fantasias foram poucas. Mas de nada valeu: invicta. Tarzan era seu homem ideal. Mas, mesmo que topasse com ele no caminho, não iria se abandonar mole que nem a mocinha nos braços raptores de King Kong.

Loucos por cinema, era assim que os dois eram. Esse clima de cinema, principalmente nesta década dourada e mágica de 1950, era o clima em que respirava a plenos pulmões o pulmão oxidado do doentio romantismo daqueles dois. Mas, com o *background* de Glória e de Jonas, ambos aristocratas populistas, os Montéquios e os Capuletos (não de Verona, mas de Copacabana, e a rivalidade não era entre as famílias; a rivalidade era entre ambos, isto é, entre os dois mesmos, de um com o outro), eles nem precisavam de Hollywood. Rivalizavam até em ingênuas brincadeiras nas quais discutiam qual o quintal que teria mais frutas, se o seu ou o dela. A esse ponto de implicância infantil chegavam. Quando iriam crescer?

Crescida ela era no se bastar. Mulher estranha, gostava de estar só ou com uma ou duas pessoas. Cinco pessoas pra ela já era multidão. Era oito ou oitenta: sozinha ou com todos os extras de Cecil B. DeMille juntos numa festa. Aliás, adorava festas.

Quanto a mim, não é porque fosse louca por minha irmã, minha ídola, rainha da festa, mas ela era uma princesa, nascida princesa mesmo. O nome lhe caía perfeito como quê: era uma glória mesmo. Escolha do pai dela, primeiro marido de nossa mãe comum e apaixonado pela Swanson. Para que precisaria de roliudismos, não é? Ela era a própria Hollywood. E insolente:

— Jonas me acompanhava. De perto, mas não do lado, porque homem em geral fica, no mínimo, três a quatro degraus abaixo, você sabe.

4. As fitas

E agora, tudo acabado. Tudo acabado nesta bela história de amor vivida ao longo de tantos anos, uma vida, este amor-amizade que era para nunca se findar... E não é que tinha acabado? Por, entre outras coisas, uma terrível competição à la Romeu e Julieta século XX. Mas não me saía da cabeça esta frase dita por Glória, como que falando alto para si mesma, mais de uma vez:

— *E o vento levou?* Quanto quer apostar que esta história não acabou aí?

Eu fazia que sim com a cabeça, mas não concordava. Pra mim, tudo acabado — e não achava mau que fosse assim. Negando a perda, ela registrava sua história através de filmes.

— Agora o vento levou. Mas, de primeiro, pela inexperiência, tínhamos algo de Ingrid Bergman e Bing Crosby, freira e padre de *Os sinos de Santa Maria*. Antes fosse a Ingrid de *Stromboli*, na paixão vulcânica com o diretor Roberto Rosselini. Depois, na escola da vida, *Escola de sereias*, eu era uma. Para conquistá-lo e nos transformar em Vivien Leigh e Lawrence Olivier, o casal nobre do cinema. O quê? Debbie Reynolds e Eddie Fischer? Brincadeira tem hora. Sem exagero: éramos jovens, mas não tão debiloides assim.

O que me parecia perdê-los — perdê-la, dizendo melhor — era um forte narcisismo e certo desdém. Não duvido que sonhasse ser Theda Bara na hilariante foto em que literalmente pisava sobre esqueletos de um sem-número de fãs. Ou qualquer outra das antigas deusas distantes que devoravam homens com indiferença, mortas de tédio.

Às vezes sonhava ser *A sedutora* — tipo Zsa Zsa Gabor, lembra? —, tendo, como ela, um montão de maridos. Não uma Dona Flor e seus dois, mas vários. Ou ser a bela Regina Nogueira, sua melhor amiga, que deixara Fellini louco em vão para dirigi-la num filme — e ela esnobou.

Teria sonhado com o *glamour* de Dorothy Lamour, a do sarongue, ou com o de Veronica Lake, a do cabelo caindo no olho? Embora sarongue e cabelo é que tivessem charme; as mulheres, nem tanto.

Devia ter, como todo mundo, sua androginia, seu lado homem/mulher. Que nem Mae West. Pelo menos é o que diziam da *supervamp*, o mesmo que diziam da Mona Lisa: que era homem.

Os rapazes da turma diziam-na similar a um montão de artistas: Silvana Mangano, Barbara Stanwyck, Alida Valli. Fora a comparação com Mona Lisa (que evidentemente nunca foi atriz de cinema).

5. Aventura e fuga

Loucos por cinema, uma vez ela e Jonas empreenderam a grande aventura de ir ver Chaplin em *Luzes da cidade* no distante subúrbio de Santa Cruz.

— Bem feito pra nós — disse Glória —, que, perdendo a fita nos cinemas perto de casa, tivemos de nos aventurar num poeira que nem cadeiras tinha. Eram bancos corridos, com homem, mulher, criança, bebês de colo chorando, gato, cachorro, papagaio, gente mascando fumo de rolo e cuspindo no chão. Chocante! E emocionante. Mas que valeu o sacrifício, valeu. E além, já gosto de uma aventura!

— Uma masoquista afiada é o que você é — eu lhe dizia rindo.

E ela, às gargalhadas:

— Que fazer se não posso viver sem minhas três grandes paixões: o medo, o risco e o perigo? Só que eu não sou besta: fico na viagem estática da segurança da poltrona do cinema.

Dos filmes de horror, *Frankenstein* e companhia caíam nos de ficção científica. Liam apaixonadamente Ray Bradbury, cujos livros haviam resultado em filmes como *Farenheit 451* e *O homem tatuado*, dos quais intuíam mais do que sabiam do poeta.

— Porque Bradbury é poeta antes de tudo, você sabe. A gente percebe logo de cara, pelo ritmo das frases de seus contos. Não dá para esconder o leite.

Dizia-se uma romântica. Mas eu tinha lá minhas dúvidas. Mais que os filmes, os *trailers* a fascinavam. E este comentário deu bem a medida de seu caráter volátil, mercurial:

— Adoro cinema, mas gostaria mesmo era de uma fita curta, de uma hora talvez, acompanhada de mil *trailers*. Um filme inteiro numa sessão me chateia.

Não fosse ela geminiana: inquieta, dividida, até um tanto superficial. Seria assim também com os homens?

E é aí que entra na vida de minha irmã a fita que a cinde em duas. *Hiroshima, meu amor* desabou sobre Glória que nem raio fulminante. Com a mesma violência da bomba americana sobre a cidade japonesa em 1945. Esse atômico entusiasmo ficou registrado em seu diário, onde nebulosamente li:

6. A fita

A primeira impressão com *Hiroshima*, o filme, foi estupor. Então existia? Existia essa coisa vaga procurada, mas dando a sensação de não existir, tudo isso de sonhos e fantasmas da memória, tudo dessa vida anterior (anterior a quê?), essa mensagem de vida inexplicada, anteriormente sentida e provada vagamente (Felipe — o homem sonhado em tantos sonhos em cadeia, um homem com certeza calcado, inspirado, entre Tarzan e o holandês real Jack Dubbelt, depois perdido afogado no mar —, Pavlushka — o imaginado menino de sete anos que me acompanha sempre, meu provável ego-criança — e tudo o mais).

Marguerite Duras com o texto e Alain Resnais com a realização do texto em imagem, todos dois lá da França sentem o mesmo, igual, dizem-me isso, embora de maneira diferente, mais real, e entendo, jogam-me esta espécie de símbolo em forma de vários símbolos dentro de um jogo maravilhoso de humanidade, dulçor, paz e desencadeamento, loucura e simplicidade: enigma e descobrimento.

Maravilhosa também a francesa Emmanuelle Riva, mais o japonês Eiji Okada, finos intérpretes, vocês representam, ou é apenas a eterna poesia do simples, humano e poético que vocês vivem, de que são porta-vozes? Uma fábula moderna, fábula de bombas atômicas, de desespero e esperança? Vocês *Hiroshima*, vocês quatro solidão humana, vocês amor e esquecimento, o sortilégio da memória, paz, guerra, perda e reencontro de si mesmo e do outro. Será isso?

É julho de 1960, e a cidade está louca de *Hiroshima*. Não se fala de outra coisa. E é importante que os diálogos da fita construam esse poema. Como um cantochão, balada de ternura máxima, em que cada palavra, gesto ou olhar nos faça tremer. Com um bolo na garganta, a descobrir sempre algo novo cada vez que se volta a ver *Hiroshima*.

Cinco vezes visto, cinco sustos, há dias não penso em nada mais. Isso não é raro, visto que sou obsessiva, mas também não é muito comum. *Hiroshima-Nevers*, as duas cidades usadas como representações do mundo do homem e da mulher, antagonismos rivais que se complementam nessa eterna guerra santa entre macho e fêmea, me digam: para alguma coisa a guerra serve?

Hiroshima é como se a gente estivesse lendo um livro de poesia, tivesse adormecido e sonhado. Mais livro que filme, temos tempo e chance de completar algo mais com a imaginação, sem desmerecê-lo como cinema.

A *nouvelle vague*, acusada de literatizar os filmes que a representam, poderia ser chamada de cinema-literatura? Pode ser, mas no melhor sentido. A verdade é que a literatura alimenta o cinema em vários países, assim como e especialmente no Brasil.

Canto exaltado ao subjetivo, humano e sublime ao mesmo tempo, canto à condição primeira e última do ser humano (como em Dostoiévski e Faulkner), canto abrasado de amor à humanidade, *Hiroshima* é também como uma fuga não vivida, mas ousada, intermitentemente por baixo dos panos, do desejo e do pressentimento dessa fuga.

Esse filme fendeu minha vida em duas: a.H. e d.H.

7. E o vento levou?

Também o mundo poderia ser dividido em antes e depois de Hiroshima, a cidade. E Nagasaki. Em antes e depois da Bomba. Ah, o sofrimento das pessoas: em nome de quê? Em nome da loucura, em nome do poder. Não eram só pessoas que enlouqueciam. Civilizações também.

No Brasil, a Bomba fora o início da repressão de 64. Vinte anos, quem diria? O mais pessimista podia pensar que ia durar tanto? O 64 de Glória fora Jonas. Repressor, portava-se como um neurótico de guerra. Só que a sua era a guerra do eu sozinho, uma guerra interna. E quem sofria com ela era ele próprio e a parceira que estivesse ao seu lado. Foi uma das razões de minha irmã tê-lo deixado.

Uma tremenda competição com a mulher, tipo gato e rato, virava-a bode expiatório, para-raios de tudo. Daí ela passou cada vez mais a refugiar-se numa fantasia cerrada. Até que Jonas cansou de competir — como um Quixote contra moinhos imaginários — com Charlton Heston, Steve McQueen, Charles Bronson e Eiji Okada. Eclética, não? Para todos os gostos.

Ela, dizendo "já vi esse filme", escolheu a liberdade. Embalada na voz de Billy Eckstine em "I Apologize", a música deles.

Casablanca e *E o vento levou*... Dois filmes que não acabam bem, aparentemente, sem o *happy end* habitual nos moldes da época. Como a vida dela. Ou como em *O velho e o mar*, tirado do romance de Hemingway. O velho lutou arduamente, bravamente, para arrancar ao mar o grande peixe (seu sonho?) e livrá-lo das fauces ferozes, das goelas escancaradas, das mandíbulas cegas e assassinas a devorá-lo na viagem toda de volta. Até que não chegasse afinal à praia senão uma carcaça osso puro — e mais nada.

Julieta sem Romeu, Capuleto sem Montéquio, Glória vivia como se não fosse envelhecer. *Hiroshima* tornara-a jovem. Até quando? Até que o tempo desabasse sobre ela insidioso, ardilosamente, sem rancor, mas também sem piedade alguma. "De uma hora pra outra", ela disse estupefata, sem acreditar.

Foi assim que ele veio, despencando sobre sua aparente fortaleza, sobre seu tenro coração de alcachofra, seu coração em osso que nem o grande peixe do velho do mar: o único pássaro na mão, uma vez que deixara e até ordenara ao vento levar todos os pássaros a que tinha direito seu morto coração. Morto, sim, mas cheio de liberdade.

Morta para os outros, morta para Jonas, ela ouvia no entanto dos amigos que o marido, pelas madrugadas, falava dela como do paraíso perdido. Fidelíssimo, dedicado, apaixonadérrimo, talvez por isso mesmo a reprimira e a sufocara.

Glória detestava os papéis de coadjuvante. Só admitia o primeiro papel. Ser a grande estrela da companhia, a atriz principal, ou nada. E era. Mas disso também cansou. Por que será que até mesmo a coisa mais perto da perfeição acaba por nos aborrecer?

Em tudo a primeira, primeiros papéis em qualquer circunstância, não iria ser na vida que ia perder a menor — e a maior — performance. E não é que perdeu?

Céu e inferno como sempre, ela pensou com ironia. Kurosawa não faria melhor. Sua grande queixa era que Jonas, como o da Bíblia, entrara na barriga da baleia, mas disso não tirara proveito. Ficou parado lá atrás no caminho. Tristes décadas estas em que a mulher é condenada ao exílio de si mesma após ter atingido o seu miolo. Seu homem vira com maus olhos a sua tentativa de crescimento. E agora? Que fazer com um homem que mais era seu filho? Houvera uma grande irritação em vê-lo. Mas agora lhe doía como um braço arrancado a ausência dele. Ah, as contradições do ser humano. Vi minha irmã, de repente mais morta que viva, calar-se para dizer depois, mais uma vez depois de todas, misteriosamente, o seco e leve coração embebido no dulçor pesado da esperança:

— E o vento levou? Mas quanto quer apostar que esta história não acabou aqui?

Pabi Bibol

para
Leda e Lêdo Ivo

Pabi era tão pobre que não podia ter vícios. Ou melhor, a tê-los, só podia ter um. Esse único vício era eu.

Praticar esportes, não praticava nenhum. Ou melhor, um só: dançar. Tudo o que era dança. Tudo, entendeu? Atletas ambos, havendo prêmio para tal dinastia de esporte, era eu o prêmio.

Para essa dança vital, não era uma vez, nem duas, nem sete que ele volta, vicioso, obsessivo. Voltar é fatalidade igual à do criminoso que volta sempre ao local do crime. Do seu crime.

Dizia Ava Gardner, aquela beleza de mulher, com ar de quem sabe das coisas, que os homens se dividem em duas categorias eróticas: os que são concertistas — e excelentes, claro — e os que apenas abrem o piano e depois não sabem o que fazer com ele. Pabi era da primeira linha de tiro. Fina iguaria intelectual. Não estranhe, não, leitor. O extremo prazer do corpo vira requinte e deleite da mente. Só não sei se vice-versa. Será? Mas com certeza.

Começa então a parte didática do negócio. Nosso amor beirava a perfeição, se é que podemos chamar isso de amor e — exigente como sou — invocar perfeição para alguma coisa. Melhor seria dizer: a precisão. Como a de um relógio suíço. Ou japonês — para ser menos clássica e ficar dentro da minha eterna obsessão pelo Extremo Oriente.

Talvez pela situação anatômica do homem, que tem seu sexo exposto, externo, voltado para fora, seu gozo é mais fácil de ser alcançado, mais rápido. O da mulher, vindo de funda gruta, do recôncavo lago/laguna, acolchoado de limo e musgo, liquens, lianas, plantas aquáticas, minúsculos peixes, pequenos caramujos da terra e da água, voltado para dentro, é mais lento, demorado.

Demorasse o que demorasse, Pabi esperava. Dentro de mim, me estudando, me sentindo, expectativa do feroz e abandonado comando: agora, meu homem, vou gozar; vem gozar comigo, me inunda toda, me vira em mel. E ele vinha ao meu encontro, cravado em meu mais fundo, depois de me esperar às vezes um tempo longo, longuíssimo, inacreditável. Desprendimento total, vindo do amor.

Amor, seria isso? Ou a paciência oriental de um cientista que observava o objeto de sua paixão? Uma vez contei no relógio, do zero ao infinito: duas horas e meia/três horas. O cumprimento de um ritual levado às últimas consequências. Com o mesmo entusiasmo, ardor, arrebatamento de sempre. O magma a rugir, urgindo no ventre, nas entranhas. Depois, as vísceras satisfeitas, banhadas, lavadas em lava por essa interna explosão de mel salgado.

A beleza do orgasmo, nosso naufrágio. O meu no limiar da dor. Mas uma dor que está indo embora. O dele, o mais belo orgasmo de homem jamais visto. Alegre, ele rindo, rindo, como alguém que enlouquece ao se perder. E, ao se achar, em uma floresta: solto, espontâneo, como criancinha, como alguém muito preso ao chão, muito telúrico, que de repente começa a sacudir os braços que nem asas, ameaça quase real de um levantar voo. Depois de tanto rugido, ronroneio, toda essa algaravia empregada para a sedução, ele fala da sua leveza e dá como imagem dessa leveza o flutuar numa piscina de nuvem.

Mas voltando: a isso chamam amor? A esses orgasmos, pequenas e rápidas epilepsias? Enfim não seria eu a ter de reclamar: os meus se prolongam, longos. Em algum lugar li que há mulheres com orgasmos de uma só pulsação. O meu exorbita: vai de vinte a trinta, e o céu é o limite. Tal precisão não o cansa nunca. Toda vez é uma vez, com o fascínio de um começo. A mim, começa a atormentar. Caçadora eu, até a perfeição me cansaria. Como me cansa agora. Toca a procurar então a imperfeição.

Como deixar de amar a fatalidade glamurosa da imperfeição de — não foi Lawrence, D. H. Lawrence, quem disse, a propósito de, digamos, fazer amor? — "entrar no reino das trevas". Trevas, só trevas? Não poderia ser luz também? Alguma coisa assim como um longo plano de cinema todo em sépia ou cinza ou preto e branco, onde ao fundo se abre uma porta em arco-íris, toda cor, com verdes, árvores, grama, flores, um rio até, jovens vozes de alegria — toda uma promessa de paraíso ao fundo, com a negação do mesmo paraíso no primeiro plano. Vida e morte na mesma imagem. Eros e Tânatos: a eterna ambivalência.

Estranho é que este homem me saiba sem que eu nada fale. Me sabe sem precisar ouvir ou ler minhas palavras. É o cheiro dos deuses o que nos une. Como nos une o cheiro do mel, das frutas e raízes nas estações que nos invadem. E é o sangue dos deuses guerreando no nosso, no meu e no seu sangue, que alimenta essa cumplicidade antiga, milenar, de macho e fêmea.

Três mulheres dialogam o impossível

para
Claire Varin

Maya — Os pedaços da gente, os homens que compõem nosso *self*, como diria Jung, nosso cerne, nosso miolo, lá onde somos mais nós mesmos, só que cada homem faz desenvolver uma parte na gente. Um, a criança; outro, a adolescência; outro ainda, a maturidade. Como juntar todas as três partes? Porque há sempre o medo, o medo de perdê-las. Dói perdê-las, perder uma parte, ou outra, ou outra. Qualquer perda é insuportável, uma ferida que vai doer sempre. Para sempre, sem fechar.

Ana — A gente tem de honrar a vida. E não é o medo que vai honrá-la.

Maya — O amor passou como um rio em minha vida, como diria Paulinho da Viola, com sua chamejante carruagem de fogo, o amor, essa coisa com clima de eternidade, fora do tempo e do espaço.

Ana — Quanta ênfase!

Maya — Amor é essa coisa humana, bela, eterna, que esteve em pauta tanto na Idade da Pedra Lascada como no ano 2000. Amor é o resgate da infância, a eterna adolescência (de Gêmeos, pelo menos) e o esplendor da maturidade; as três coisas.

Ana — Você sabe manipular ideias. Quero ver é manipular ação.

Maya — Estou tentando, estou tentando e chego lá.

Ana — Estava aqui pensando que amor seria a cumplicidade, ou o casamento, com a eternidade. Que acha disso?

Maya — E amor existe? Na maior parte das vezes acho uma tremenda abstração. Impalpável, escorregadio como uma enguia. Não só o amor macho-fêmea, homem-mulher; todos. Veja meu caso: éramos três irmãos, duas mulheres e um homem. Eu e minha irmã ficamos como espécie de marido de nossa mãe quando o pai morreu. É que o rapaz saiu, foi estudar fora da cidade, em Lorena, no Vale do Paraíba.

Ana — Se ainda fosse ele a fazer este papel...

Maya — Mas já pensou as moças de marido? Um edipianismo muito louco, não é não?

Ana — Principalmente vocês duas, você e sua irmã mais velha, as duas de marido da mãe, já pensou? Uma coisa muito louca.

Maya — Nossa mãe era razoavelmente forte, mas nem tanto. No início só fazia chorar. Depois foi se sentindo mais confortável, quando nós duas tomamos a brida da situação. Não foi fácil.

Ana — Você deve ter se sentido amadurecendo à força.

Maya — É. E ficando o que meus amigos diziam: um tanto durona, embora bem feminina. Mas a dureza assustava os homens. A você não? Ainda bem que nunca se afastou por causa dessa imagem. Não sei ser de outro modo. Acho que nem gostaria. Mas esta imagem me distancia dos outros. É um cárcere privado, extremamente sedutor, mas de ferro, exclusivista, egoísta, que me quer sozinha só pra si.

Ana — E os homens? Você falava neles.

Maya — Os homens? Gosto muito. Mas não posso me impedir de olhá-los com demasiado espírito crítico. Poucas vezes vi um homem maduro, se é que vi. Geralmente não vão bem das pernas, como se diz: não crescem além dos quinze anos. Diga se não é assim. Não é?

Ana — Não sei, estou pensando. Você é quem está dizendo.

Maya — É uma fachada apenas isso de tomarem a postura de proteção à parceira. Na verdade estão sempre é correndo para o colo e a saia da primeira que possa fazer o supremo papel: de mãe. Não é por acaso que são tão fascinados por peitos.

Ana — Seria a velha corrida, a volta ao seio materno?

Maya — Não aspiram a outra coisa. Vivem eternamente na fase oral. E, quando amam, é um desastre. A imaturidade é insuportável. Aí é que não são parceiros mesmo. São contra tudo aquilo que pensam. Sabe aquilo de faça o que eu digo e não faça o que eu faço? Pois é, tornam-se inacreditavelmente ciumentos, cegos, surdos, mas infelizmente não mudos. E tome defesas de tese sobre possessão, sobre a mulher etc. "Minha, minha, minha." A mulher vira sua propriedade.

Ana — E você me dizia que a coisa que mais queria era "pertencer".

Maya — Mas não obrigada. De graça, por gosto, sem esse jogo fascista, milenar, idiota.

Ana — Você está me saindo uma subversiva, uma subvertedora da ordem das coisas.

Maya — Mas não é que o amor precisa de mais sutileza? É como uma planta frágil, que precisa ser regada não dia a dia, mas nos dias certos, na quantidade certa. Senão as raízes apodrecem. E viva a liberdade!

Ana — Mulher e homem precisam inventar o amor todos os dias.

Maya — Amor é coisa requintada, papa fina.

A Autora — Que não é para o nosso bico.

Aliciando Alice

para
Norma e Murilo Melo Filho

Ao ser enleada nesta requintada selva de espelhos, cheiros, sugestões de jardins, sortilejo-me nessa ameaça de captura. Logo eu, bicho liberto, cabra largada pelo mato, cabrito-montês, cabrinha, besta desabrida, solta, selvagem, acostumada a uma liberdade que agora eu mesma quero me tomar.

Arisca, deixo hoje que me toque, me amacie o pelo e amanse minhas crinas. Eis o orgulho a baixar a crista. Enfim.

Mergulho no país dos espelhos. Vassalos e damas da corte, todos de quase três metros de altura, com indumentárias cor de penas, irisadas, circulam em câmara lenta, abafando risos e conversas inaudíveis.

A princesa, a princesa, não, a rainha, rainha de voz portentosa e sons agudos, olha fogo em minha direção. E veja eu perdida, puro magma a dobrar-se a seu domínio. Amoleço, amanso, antigo bicho bravo. Outrora.

Dobrar-se a algum poder, dobro-me ao poder da dignidade da beleza. E digo sem voz, mas com a febre no olhar e essa moleza de corpo — forma cabal de entrega —, que sou sua. A beleza abocanha minha nuca e meu calcanhar. Nela me perco — e me acho, me descubro.

Pode deixar que, à guisa de céu, fico olhando para o teto. Que fora a vida? Eterna autoacusação, depreciações e o não se valorar o suficiente? Vida: aprendizado de perdas sucessivas. Finalmente era a hora e a vez de chegar ao paraíso: Singapura, Xangai, Somália, Shangri-La. Perguntar a ela, à Beleza, sobre paraíso, dizer a ela para adivinhar o que estou pensando e ir logo para lá.

Bom apetite

para
Ruth e Arnaldo Niskier

Escondido. Dessa maneira era a única que eu poderia imantá-lo a mim. De outro jeito já o teria largado, sacudido pra lá. Nada contra, muito pelo contrário. Não que de certa forma não me orgulhasse dele... Mas que vantagem iria levar exibindo tal espécime?

Orgulho mesmo eu sentia era da Mulher. De mim. A esse ponto já tinham chegado minha segurança, minha consciência e minha maturidade. A essa altura do campeonato queria mais era andar só, tipo caubói solitário, lobo da estepe, vestal no alto do seu templo, dervixe no ápice de seu Himalaia.

Reconhecia-lhe, porém, os encantos secretos e os esforços sem esforço pra agradar. Ele havia até passado no teste da comida chinesa e japonesa: desde a primeira vez, comera cumprindo todo o ritual, de *hashi,* de pauzinhos, sem jamais isso antes ter entrado em seu repertório. E olhe que muita gente sofisticada perdia ponto neste meu rigor, não passando nesse teste. A sua era esta sofisticação natural, independendo do chamado berço esplêndido: a sofisticação do príncipe que já nasce feito, citadino, mesmo se filho de uma mulher do campo.

De romantismo, meu romantismo era muito objetivo. Diretamente ligado a uma antropofagia literal. Uma questão de jogo do poder e rapidez no gatilho. Para não ser deglutida, eu me adiantava e iniciava o jogo: comia antes. Melhor: engolia. De puro gosto, excelso esporte.

De outros rituais, quem melhor do que ele a dominar com fúria de quem sabe? Saber, sabia acordar o erotismo dormido, mas sempre latente, pois erotismo não é vida? Pelo menos era o que tacitamente, afinal, pensávamos, irmãos incestuosos irmanados na mesma ideia, qual religião. Era só me tocar que o tesão pulava como aqueles bonecos de mola que pulam das caixas, sortilégio das crianças e de adultos que nem nós.

Mas era escondido que eu o queria. Trancado, trancafiado. Recluso. Encarcerado na minha masmorra particular. Chaveava a porta da clausura enquanto sua espera aliciava minha volta, enquanto o mundo era grande e pequeno para a minha imensa fome e a minha enorme sede, mais a ávida curiosidade, única e bastante expectativa a me manter viva.

Quanto à limitação de expectativas tão dele, esta deveria mantê-lo longe nessa hora de grande voracidade. O que pode um touro? Um zebu lerdo não é capaz de acompanhar uma mercurial vivacidade. E assim ele ficava fora da arena, o que convinha à minha imagem de bicho solitário. E ele se submetia. Até no amor há um jogo de poder.

O dia da caça. Sádica, submetia-o a toda sorte de provas, dobrando-lhe a cada dia a espinha dorsal. Mas, embora subjugado, fascinava-me a força de sua paixão. Tal energia era saboreada com a volúpia do desdém. Pra mim era a descoberta da América esse tipo de energia, valorosa, destemida, audaz, cega, que eu desejava ardentemente antropofagizar, como os indígenas aos seus inimigos valorosos.

Atraí o contendor à camada mais profunda do calabouço a que o tinha reduzido, arrojei-o por terra na mais funda masmorra, rendendo aquele que foi outrora um ser digno e corajoso, autossuficiente. Intacto, nenhum sangue foi derramado. Eu não poderia perder uma só gota. Nada.

A vida é toda feita de expectativas. Que não se cumprem. E de mil sustos que nos sacodem prazerosos. Que mais ele queria? E eu, de que mais necessitava? Força era viver dos pequenos sustos, já que falhavam as grandes expectativas.

Resguardado de um mundo nefando, no *freezer*, deglutoo pedaço a pedaço há quase um ano, alimento que me é amor, sobrevivência. Utilitária, eu? Quem me condena não é capaz de ver as óbvias necessidades básicas de uma mulher. Ou vocês não reconhecem? Então é que dia a dia, pedaço a pedaço, absorvo-o. Incorporando isso que foi meu a essa coisa que ainda é minha. Que será minha caça permanente. Incorporada à minha carne e à minha mente (por que não, se o prazer físico principia como elemento mental?).

O que um dia foi o Amado, hoje sou eu. Uma carne só. Una.

(Nota da autora: O conto partiu de uma notícia de jornal, só que o personagem era um homem. Inverti para feminino.)

O amante do vulcão

para
Vera e Alberto da Costa e Silva

Ser livre e pertencer a alguém. Maarten pertencia a uma coisa: o vulcão. Foi sua a escolha — e a coisa o aceitou. Eu conto.

Cheio de vida, aventureiro (no bom sentido), Maarten Visser era o tipo de moderno holandês voador. Assim veio dar com os costados no Brasil. Mil planos forjaram seus verdes dezessete anos. O entusiasmo fazia-o gesticular loucamente, atropelando-se em palavras as mais febris. O projeto maior era visitar um vulcão da América Latina. Para ele, não um vulcão qualquer, mas O Vulcão da Sua Vida. Sobre isso falou uma tarde inteira, adentrando a noite, deixando-me exausta. Foi.

Não deu mais notícia alguma. Nem uma sequer. Meses depois, três ou quatro talvez, os desolados mãe e pai holandeses enviaram aos amigos do mundo inteiro, cujos endereços encontraram nas anotações do filho, um poema ilustrado pela foto da beira do vulcão antropofágico. Era uma mensagem dolorosa da constatação da morte de Maarten: uma tosca cruz de madeira no alto, recortada contra o céu. Até lá foram na tentativa de resgatar o filho. Inútil. Sem resultado. Jamais ele foi encontrado.

Apesar de nosso planeta ser chamado Terra, é feito de dois terços de água. E não é que o menino holandês ia escolher o fogo? E dizia: “Não me condenem por eu ser forte e sonhar tão alto. E fundo. Um homem deve se sacrificar por algo maior que ele". O que poderia ser maior, no caso? Talvez ele tivesse um segredo. Desaparecer, era essa a ordem que não sabemos? Suicídio? Superar-se? A vida era pura prova. Força era passar por ela. A Prova: A Rainha das Fadas ou das Ogras, A Grande Amante, A Grande Chama, A Grande Lava.

Na beira do vulcão, juraria Maarten ser esta prova A Grande Deusa, Deus? A Prova jamais revelaria o que a Grande Goela lhe revelasse. Uma mandala, sua mandala pessoal, particular e única? Melancolia paroxística? Melancolia não parecia ser o seu forte. Estava mais para amador (no sentido daquele que ama a coisa amada), embora *profissional*, como, mais do que descobri, intuí. *Profissional* de tudo, "das coisas da vida", no seu dizer alvoroçado, atabalhoado, na algaravia de sua pouca idade. Alegre, ria de tudo, de todos, de si próprio, da vida e da morte.

Maarten podia ser um impetuoso genuíno, dono de uma veemência ingênua e dramática ao mesmo tempo. Fosse aonde fosse, entre penhascos e flores, entre rochedos e árvores, quem sabe à beira d'água. Não, não à beira d'água. Em pleno deserto. Só o deserto lhe ofertava o espelho a refletir-lhe pra valer a vera face. Caindo na treva do vulcão, ao despencar na total escuridade, teria gritado para o alto, como o poeta, "mais luz"? No negror, a plena luz? Na queda, buscava a ascensão? Absoluto em meio ao total perigo, desdenharia a vida só para apossar-se da morte?

Superava-se ao avançar, obstinadamente, sobre o limite da fadiga e do cansaço. Degustava as próprias limitações. Imagino como aconteceu. Deve ter sido assim: a montanha acorda perigosa, o topo ameaça e então explode, o sol se eclipsa nos gases sulfídricos, venenosos, as cercanias proibidas evolam-se, derradeira viagem do fatídico magma, agora fogo e depois cinzas sobre a terra. Fúria. Erupção. A lava, convulsa, lava a terra devastada. Avalanches de matéria ígnea, barro, poeira e cinza estrondam cordilheira abaixo. A montanha ruge medonha.

Tudo é fatal, morte ao derredor. Só o metal resiste e ainda assim calcina. O extermínio se anuncia, apocalíptico. Acaba a vida? Ou fica para trás? Ganha o dia a noite? Mesmo jovem, se explodir a ira da Grande Goela, estrebuchando-se o magma, não há como escapar. Perna para correr não adianta. O holandês desejava chegar ao vulcão amado. Quando? Num tempo sem voltar de lá? Sessenta vulcões estão ativos em todo o mundo. Mais de mil podem aparecer. A rocha tectônica se energiza, interna, abissal. A falha caminha, paráclase cega que avança como o crescimento das unhas humanas (quase ia dizendo garras).

O vulcão está exausto da própria sanha. Exaurido, vomita a destruição irredutível. O céu profundo é negro e às avessas, onde não pode existir nenhum deus. Ou é lá que Maarten vai descobrir o seu deus absoluto? O menino holandês não tivera o primeiro baile, o primeiro beijo, o primeiro fracasso, a primeira desilusão, o primeiro nada de nada. Porém tudo isso ele iria ter num abismo rubro e quente. Quente, não. Tórrido. Onde, pensava, a poesia nasce sozinha, solitária, íntima e nobre, ofertada em meio ao magma. Viver era como pisar em ovos. Maarten pisara em todos, quebrara todos ao mesmo tempo ao aventurar-se na borda do vulcão.

Podendo ser feliz, criara para si a própria adversidade. Menino louco, desafia o perigoso brinquedo para desmontá-lo e criá-lo ao seu bel-prazer? Um selvagem a renunciar ao que todos lhe impõem, elegendo um novo obstáculo a ser vencido, desregramento advindo de totais independência e liberdade? Anarquista da razão, flerta com a fatalidade instintiva, primitiva, pagã. Ele, o Exilado, aquele que se autoexila, torna-se o personagem que leva para o vulcão o único presente desnecessário: uma caixa de fósforos. Enquanto isso, o objeto do desejo de Maarten cospe pedra a oitocentos graus de temperatura. E ele pensa:

— Não quero morrer. Não há futuro na morte.

Eis o que é a subida ao vulcão e andar em sua borda: o ar é rarefeito, o insuportável cheiro de enxofre tonteia, dá falta de ar, dor de cabeça, náusea, ânsia de vômito e vômito. As pernas cansadas não comparecem, a voz demora a sair da garganta seca, fica pastosa, o pensamento rebelado não obedece. Para os ouvidos holandeses, a sinfonia infernal é música, mas música que mata. A goela do vulcão borbulha, urra aos borbotões. A lava é a rocha derretida, depois cinza. A explosão da lava é que mata.

Morte buscada, sua paixão pelo abismo? Mero acidente de quem se arriscou pelas bordas, consciência tonteada? Só se sabe que luz e treva são aterradoras — ambas. A paisagem, rude, mineral, desampara e é pura solidão. Musgo, liquens: só isso cresce no solo que foi magma. Só cetrária é líquen comestível. O vulcão dorme — mas não está morto. A busca de Maarten foi efetuada a mais não poder. Tudo inútil. Ele jamais foi encontrado. Apenas o testemunho de uma criança da localidade, amante do vulcão, afirmou tê-lo visto cair.

Ainda está caindo, disse o menino, em transe, como que sonhando.

O rei dos lençóis

para
Susana Tavares Pedro e Casimiro de Brito

Olhar, olhava-o há anos. Vê-lo era ver veludo, que assim o chamavam.

Veludo. Veludo Negro — ela repetia, incansável. Diziam-no sem vez na terra. Como, se era o Rei dos Lençóis? Era assim: diz-que, sofisticado, deitava em lençóis negros com mulheres brancas, em brancos com mulheres negras. Desejoso de contrastes aquele altivo talo de palmeira alta, os bagos vermelho-escuros explodindo na boca o vinho dos frutos do açaizeiro, a boca arroxeando, era puramente roxa, quase negra. Negra como a pele macia e negra de Veludo.

— Que sucesso o de Veludo com as mulheres! — diziam com inveja. — E olha que nem de raça pura ele é...

— Raça pura é para animal. Ser humano é miscigenado — respondia rindo, sábio e zombeteiro, na ironia de sua majestade, todo votado à alegria.

Quanto a ela, observava, quieta, sem falar nada. Olhava só — e já era muito. Mirava aquele andar com movimento de água, várzea já desalagada, mas ainda toda úmida, promessa de vastas águas represadas sempre a vir, prestes a explodir de novo. A qualquer hora, pretexto ou sortilégio. Desejava o júbilo de Veludo encalhar nela. Porém ele era um barco sempre a seguir, seguindo sempre. Mesmo sem sair do lugar. E, onde iria fazer água, era ele que ia escolher.

Outras vezes parecia percorrer bravamente campos indomáveis, sem fim, montado em búfalo, cavalo de seu próprio corpo. Os descampados o atraíam, só para ele demonstrar a força libertária, qual Zumbi dos Palmares. Liberdade, teu nome? Veludo. Veludo ao vento, à mercê das chuvas compactas, chuvas amazônicas a mais não poder, vindas das quarenta e duas ilhas a rodear a cidade, usinando mais chuvas, coriscos, clarões, raios, trovões, tempestades, ventanias, vendavais.

E ele ali firme, estático se movendo, tranquilo-intranquilo, dono da terra, senhor da água, olhos puxados e cabeleira farta. Andar, andava. Nadar, nadava. Em chão batido de terra e areia de interior, dos cafundós do mato ou chão citadino de pedrinhas portuguesas, de ardósia ou pedra de lioz, íntimo de águas ribeirinhas ou profundas, cristalinas ou barrentas, enovelando-se ou liberto das vegetações desapegadas, soltas das terras caídas das margens e revolvidas lá do fundo.

Olhar, olhava-o há anos. Logo ele, que não a vê. Verá, virá? Fica ela à espreita, esperando, lutadora que nem peixe das piracemas, nadando contra a corrente, a favor da vida, barro e peixe ávido, beira e profundezas de rio, igarapé e igapó, vazante e cheia de riacho, enchente, torvelinho, chuva fininha e chuvarada forte de bátegas fartas, chuvisco e chuva torrencial. Logo ela, que nunca levou nada a sério, sempre levando a vida na brincadeira, querendo só brincar de casinha, olhando a vida como mentirinha de teatro, ela — que nada sabe — franqueará o caminho ao senhor da vida, quando ele quiser fazê-la rainha dos lençóis brancos e dos lençóis negros.

Pedra da Gávea

para
Maria do Carmo e Marcos Vinicios Vilaça

Dizem que de manhã és que nem um menino. De tarde tua cara, mais rígida, se soleniza, e viras homem. A noite te desvela velho. Dizem que representas um imperador, um rei (um deus talvez?). Dizem-te esfinge. E eu acreditava que esfinges fossem só mulheres.

És, portanto, uma esfinge, costas voltadas para o mar. Dizem que és da raça das cabeças da Ilha de Páscoa, colossos diante do Pacífico. E, como algumas delas, te voltas para a terra, contra o mar. O que terias contra ele?

Dizem que és atlante. Rei ou guerreiro? Deus ou sacerdote? Tu, o da violência estática, com tua cólera parada. Rei da ira? Ainda que estagnada? Tu, heráldico, hierarquizas este arcaísmo cego, esta pátina sobre a pedra a te manter emparedado, cerrado em teu claustro.

Escuro, sombrio, sério, mudo, cingido de mistério, pensas. Sonhas do alto de um penhasco que, soturno, é tua auréola nítida. Pois te vemos de toda a cidade. Ou quase. Estás a cavaleiro. E reinas sobre o Rio de Janeiro, tu, a mais bela forma a dominar-nos. Tu, o da cabeça coroada de uma nave alada.

Tu, lambido por um mar violento que outrora, dizem, esculpiu tua cara, tua fronte, os olhos (principalmente o olho esquerdo, provido de pupila, pois o direito, um sulco fundo, está vazado), teu nariz de narinas marcadas e uma boca —

pequena demais em relação ao resto — que se retorce num esgar. Isso não precisa que me digam. Trabalho incapaz de qualquer erosão, subi a montanha, as encostas, forcei-me a alcançar-te — e vi.

Dizem que o mar te chegava ao topo. Ou quase. E que lá ainda há vestígios: areia e conchas. Lembras disso? Certo perdeste esta memória, e o mar já não te significa. O mar não só te chegava aos pés: chegava a teu rosto e ungia-te a cabeça. Teria sido ele a propiciar que fenícios (ou quem mais?) engendrassem teu rosto e em tua fronte direita gravassem em seus caracteres: "Tiro, Fenícia, Badezir, Primogênito de Jethbaal". A uma altitude de oitocentos e quarenta metros acima do nível do mar, em 1836 descoberta, os fenícios te marcaram como imortalização de sua glória, esta lenda demarcando-te como entrada ao interior do Brasil. Ou âmago de outra dimensão?

Deixaste de espreitar o mar e agora só contemplas a terra com a cabeça levemente pensa sobre o peito. Todavia ergues teus luxos sob uma aparência discreta, modesta até, tu, voluptuoso indiferente, colosso em quietude inquieta.

Se eras um ser rente ao mar, nada mais assim te lembra: perdeste escamas e guelras. Metade homem, metade leão, onde as garras? De nada já recordas, vistas baixas fitando o vazio, olhando nada.

Dizem que tua orelha esquerda (chamam-na portal) encerra tesouros. Por ela passei depois da íngreme subida pela "geladeira", de quatro, agarrada que nem bicho às pedras, aos troncos e galhos de árvores. É certo que a vi, mas, lacrada, ela jamais se abre e é apenas como uma marca de entrada. Para onde?

Dificultas o acesso por aceitar com resignação e orgulho teu ser soberbamente só, sozinho. Estás só, portanto. Somente a Mãe do Ouro te visita de quando em vez. Depois das oito da noite, dizem os que viram o brilho deste farol faiscando na ilha da noite, em meio às trevas.

É o que dizem. Depois da "geladeira", como é chamada essa hora inteira de caminhada entre pedras e galhos, que pernas, pés e mãos mal alcançam, chega-se à clareira — ou Praça da Bandeira, como chamam.

Aí começa a subida em direção à tua face estranha, virada para quem vem. Vi-a extasiada em meio a nuvens esgarçadas, entre o fim da tarde/começo da noite, lá por sete horas de um maio. De 1985, para ser mais precisa. Sorte era ter lua cheia: duas lanternas não eram muito como guias do caminho.

Após o portal, a "carrasqueira", o pior pedaço: uma pedra de uns sete metros, reta e vertical, sem ter onde apoiar pés e mãos. Como subir? Mas subimos. A vitória foi breve. Porque em seguida tinha um caminho estreito para um pé só de cada vez, com o precipício lá embaixo: toda a Barra da Tijuca espraiada em luzes litorâneas a convidar ao abismo, frente às trevas.

Depois, a "raiz": um tortuoso caminho no encalço de uma raiz estreita incrustada na pedra. Adiante, um mato alto, quase até nosso pescoço, depois um trecho sem vegetação, uma descida mais ou menos íngreme, uma subida, e eis-nos chegados à caverna que te serve de orelha direita, acima da qual te coroam na fronte as inscrições. Nela vinte e poucas pessoas podem se abrigar, embaladas pelo teu mistério, no chão de pedra mesmo, à beira do abismo (que me impossibilitou o sono, pela beleza).

Uma fogueira é acesa para espantar bichos. E funda-se uma confraria de seduzidos, irmanados por algumas horas no culto a um deus que nem sabemos: Átis? Ou lá que nome tenha. Mas Átis não é um pastor?

Confrontaram-te com Medusa e assim te transformaram em montanha de tal altura, condenada a sustentar o céu sobre o ombro forte. Pétrea também eu, por isso me encantas. Sarcófagos ambos, aprisionamos um ego mergulhado em nada. E, nesses dias de verão, nesses meses inaugurais de janeiro, fevereiro e março do Rio, onde chove e chove, não faz mais que chover, na névoa nem te mostras. Sutil, te escondes. Menos que um sonho.

A dama da noite

para
Maria de Santa-Cruz

Na beira da praia ou no ponto do ângulo agudo das esquinas, ela empurrava-se na vida como quem empurra a água. Quem foi que disse que água não pode ser empurrada? Nadadora sem mar, sem maquiagem alguma — também, tão jovem, pra que precisaria? —, apenas pintava a boca dc rubro forte, sangue nos lábios. Atiçava vontades que não queria, submetida só por necessidade da penúria. Abria-se toda, porém sem oferta.

E lhe pagavam mais, caso estivesse a descoberto, desprotegida. Mesmo ela não querendo, desejavam-na no risco, metendo-lhe pra dentro a vida, velho troféu de caça. Que outra coisa era o homem senão o arcaico caçador, aquele que, irresponsável e cego, explode nas entranhas alheias à vida, para perpetuá-la, sem pensar? E ainda dizem que a natureza é sábia... Bela droga a natureza e seus hormônios!

Mal fechada a porta no encaixe dos gonzos e corrido o ferrolho, já ela então trancafiada, derrubavam-na nos lençóis baratos e de multiúso, sua vulva roxa de tanto manuseio e abuso — na base, bojo e bordas da noite que devia ser tórrida e, no entanto, era gelada e fria. Antes que lhe enfiassem o dente e lhe deitassem a garra em cima, antes do ataque da libidinosa serpente, era forçada a falar as obscenidades costumeiras. Mas palavras estavam presas na goela muda.

Pesada e sem asa, a Dama da Noite — mais uma vez — está morta. Logo ela, brasileira cheia de vida e alegria, que dizem estar na rota da disponível sexualidade. O paraíso do sexo é aqui. Brasil, a que custo! Engasgada e estarrecida, ela já não sabe mais que nome tem. Só o "nome de guerra", de tomara que caia e saia justa. E olhe: nada de toma lá dá cá. A preço módico e sem autoestima, o carneiro logo, logo vai ser imolado ao lobo faminto e sem piedade alguma, sem escrúpulo e insaciável.

Segunda pele

para
Vânia Chaves

Passado aquele Natal, George despia a pele antiga e inaugurava uma segunda pele, deixando para trás pai, mãe e os costumes da pátria que já não lhe bastavam. Perambulou muito, nos intervalos da Botânica, chamado que fora a trabalhar no Jardim. Sonhos o atormentavam — e ele se vira em um sonho, começado na Lapa, à altura da grande catedral, aquela a parecer um copo emborcado, indo depois parar no porto, no cais do porto da Mauá, cheio de engrenagens negras, bege e cor-de-laranja-suja, castigados ferros descascados, gastas e escalavradas correntes, carcomidas de ferrugem, no meio de paredes sufocantes e pedaços de escadas em caracol dando para nada — sem saída, sem a mais remota possibilidade de escapar dali. Uma metáfora do seu amor pelo Brasil? Mas por que o terror?

Acordava suando, encharcado nas águas do próprio corpo. E na mais completa solidão. Esse sonho voltava sempre, recorrente, até que viu uma mulher no umbral da porta — uma porta, enfim —, só a silhueta, tão solitária como ele. Foi se achegando, chegando perto, contornando-a, rodeando, até ver-lhe o rosto. Tinha estado no Extremo Oriente, onde dizia ter visto as mulheres mais interessantes e belas, para seu gosto. George, além de catalogar plantas, escrevia: poemas (bons) e contos (nem tanto). Mas sentia que palavras o separavam de seu corpo. Fútil tédio, acreditava não precisar de espelho. Não é o escritor o seu próprio espelho? Voyeurista, não exigia mais do que a vida lhe pudesse dar.

"Cresci, não tenho mais espinhas, vou ao banheiro sozinho, estou seco como um martíni, então podia dar-me ao luxo de mudar de cenário, isto é, trocar de país até, ir embora", dizia ele para seus botões, olhando tudo em volta: os operários que acordavam e os boêmios retardatários, mais as prostitutas e gays pelas ruelas da cidade, até o louco enjaulado em sua loucura na esquina, praguejando que nem um doido. Adernava sutilmente qual um navio, nave lentamente a deslocar-se em um fantástico jardim de corais, hidrocórias e gorgônias. Numa floresta de cartazes anunciando tudo, não era de admirar que o mundo sofresse de infantilismo. A publicidade só vê o jovem ou talvez um bebê sugador de peito, ganhador de concurso de robustez infantil. E a solidão ali, irredutível.

— Vamos dançar?

— Tudo bem, vá em frente. Quem está impedindo?

— Mas é com você. Não estou a fim de dançar comigo mesmo.

— Odeio homens.

— Ainda bem que não sou um deles.

Nessa arenga ficaram George e a mulher, igualzinha àquela que ele vira em sonhos. Custou para dizer-lhe o nome: Liene. Logo de saída, dançando com ele, na festa da turma do Jardim Botânico, implicou:

— Bem que eu imaginava. Bicho com mais pernas que eu não dá pé.

— Preciso lhe dizer uma coisa...

— Pois então, vamos lá, pode confessar o crime.

— Há outra pessoa em sua vida?

— Como assim, "outra"? Além de quem?

— De mim, ora.

— É, há.

— Então quem?

— Eu. Acabo de aprender a me gostar. Sou ótima companhia. Antes só do que mal acompanhada.

George mordeu a boca, entre desapontado e divertido. Eta mulher insolente. Mas era do jeito que ele gostava, amante dos desafios. Facilidade, moleza, não era com ele. Mal maior da luta para George era ignorar, ficar fora do jogo da vida. E apreciava os avanços e recuos da audácia e da ironia. Mas o mal maior, a solidão, o obrigava a pensar: "Somos ilha? Somos é grupais. Liene tem alguma coisa minha, e eu alguma coisa dela. Só não sei o que é".

— E quem está amando você... além de você mesma?

— Engraçadinho... O quê?

— Você está feliz?

— Estou viva.

Soou-lhe pungente. Não que ele a quisesse anódina, insípida, inodora e incolor. Tampouco androide. Longe dele, não era isso. Nem que ela não pudesse brilhar, ainda que um brilho de pedra falsa, nada, nada disso, porque sabia que ela era da raça dos que têm luz própria, dos que parecem fazer amor consigo mesmos, com o próprio trabalho, o que é a mesma coisa, tipo Michelangelo Antonioni ou Keith Jarrett, que fazem do piano e do jazz o ar que respiram, puro êxtase. "Coloque uma mulher e um homem diante da vida, da morte, do sofrer", pensava ele: "o que tiver mais medo é o homem, nem que seja a mulher".

Liene estava mais para instituição do que para pessoa física, pensava ele. Parecia-lhe estranha, alheia, alheada dos homens, embora uma paixão surda pulsasse sob as camadas de gelo. Diversos como o Pacífico e o Atlântico, eram oceanos a interferir no clima. Enquanto ela, puro magma represado e endurecido, fagulhava risco sob a camada seca e escalavrada pelo tempo, aí, no mesmo local onde a forma da onda que avança outrora formou penhascos, ele era água a viajar com as ondas. Enquanto ela, costa do Pacífico a avançar cortando terras, ele exclamava entre as ondas, trespassando-as: "Vida".

Como tudo que se move, indômita, intrépida, embora sujeita a chuvas e trovoadas, mulher é um bicho que carrega tanta suspeita... Não só mulher, seres humanos em geral. Mas aquela... Aquela mulher-Pacífico dava as costas para ele-Atlântico, cuja rochosa costa formava praias de areia. De quem a maré baixa, barcos repousando em um leito de pedra e lama? Tanta suspeita, olhos de olhar, ouvidos de ouvir, ele a falar em algaravia até ficar rouco, ele-ser-vivo para as pessoas vivas, tentando vencer uma mulher cujo único desejo era somente ser semente que quer ser árvore para ser livre.

— Sabe, Liene, vou lhe dizer uma coisa... Mas você nem olha pra mim.

— Tudo bem, estou séria, estou olhando pra você, nos olhos, pode falar. Diga.

— Aves na gaiola cantam? Acho mais é que choram.

— A natureza usa o mínimo de tudo — foi só a resposta dela.

— Dizem que mulheres só são românticas na adolescência e que na maturidade tornam-se realistas, especialmente quando têm filhos. Com os homens é o contrário: só ficam mais românticos ao envelhecer. Concorda?

— Como seres tão díspares vão se entender?

— Algum dia...

— Nunca.

Categórica, Liene iria ter vocação para o romantismo a vida inteira. Duradoura nesta alma inquieta, sofrida e vital, era a sua pessoal e melancólica alegria. Todos nasciam reis, mas a maior parte morre no exílio. Gente — homem, mulher — é que nem tempo: muda com a aragem. "E presta?", ela perguntou, dando em seguida a resposta: "Fazer o quê, não é? É o que se tem". Havia sim diferença entre eles: George adorava George. Liene, não. Essa mulher tinha a seu próprio respeito todas as dúvidas do mundo. Quanto a Deus, esse era invocado como desculpa para driblar impotências, a impotência dos fracos. Melhor acreditar no homem? Mas que homens? Ainda haveria homens em quem acreditar? Mas, afinal, ela se abria.

— Sabe, minha mãe Joana foi sempre o homem da casa. A mãe, eu chamava de "você", mas respeitava qual senhora, chocando-me quando a chamavam de "velha", "tia", "coroa", esses maus gostos do povo tomando liberdade que a gente não dá. Lá em casa eu era considerada a fortaleza entre todos, à beira da insensibilidade. Eu era superdotada em tudo, menos em felicidade. Tinha do amor uma visão meio mórbida, como se ele só viesse para me tomar a liberdade tão amada. Não conseguia dizer "te amo", isto me queimaria a língua, como fogo ou uma obscenidade. Amava temendo amar.

Afinal a solidão do homem comoveu a dureza da mulher. Sabendo-o só no Brasil, sem ninguém, sem família nem amigos, convidou-o para o Natal em sua casa, uma casa simples, modesta, adornada de móveis de segunda mão, os que pudera comprar, alguns caixotes, mas com paninhos de renda de bilro, gamelas de frutas e legumes da estação, tudo pobre, porém único e de extremo bom gosto. Mas, não perdendo o hábito, avisou: "Visitas sempre dão prazer. Se não na chegada, pelo menos na saída". George chocou-se com a franqueza, diria até que com a insolência. Mas já tinha aceitado o convite para o jantar de Natal, e esse Natal seria o desafio de sua vida.

Liene viu-o chegar pontual, bem-arrumado, alegre e com o melhor humor do mundo. O tempo era igual a um rio, e o corpo, um barco de papel que vai se desfazendo no rio que flui. No barco, o passageiro, "teu próprio convidado", pensou ela, "tão agradável, tão gentil, tão sem julgamento, uma nova maravilha que você não vê a hora de estar junto, não há limite, e eu quero conhecer o convidado. Inferno é a ignorância, a inconsciência. Paraíso é conhecer". Tudo isso pensou Liene ao vê-lo na porta, com as mãos pra trás, escondendo alguma coisa. O que seria, um presente? Como, se era tão paupérrimo quanto ela? Nada poderia comprar.

Intrépida agora, ela passara a arriscar-se. Arriscavam-se ambos, tendo o risco como leme e bússola. Arriscavam-se a amar. Triunfante, George apresentou-lhe um pimentão verde e de bom tamanho. Mudava ela com a inesperada surpresa na metáfora vegetal da esperança e da vida? Seria diferente se fosse um rabanete? Tedioso havia de ser o Natal, a vida, se soubéssemos de um tudo, pensou ela. "Que peça esse homem", e soltou uma gostosa gargalhada. "Quero ele pra mim", arrematou para seus botões. Assim, apaixonou-se pela ideia de viver através de um pimentão. Solidão não era mais a pele primitiva ou a bola da vez. Era tarde: a segunda pele era o apaixonar-se pela vida.

Nota biobibliográfica

Olga Savary nasceu em Belém, Pará, em 21 de maio de 1933. Filha única de pai russo, Bruno Savary, com ascendência francesa, alemã e sueca, e mãe brasileira, Célia Nobre de Almeida, paraense de Monte Alegre, de origem pernambucana e de outros estados do Norte e do Nordeste, descendente de portugueses e com uma bisavó índia. Em 1936, a família mudou-se para Fortaleza e, em 1942, por conta da separação dos pais, Olga foi para o Rio de Janeiro para morar com um tio materno. Lá, começou a desenvolver suas habilidades literárias, produzindo um jornal artesanal, com poemas, textos e desenhos. Publicou, nessa época, em jornais e revistas, assinando alguns textos como Olenka (diminutivo de Olga em russo). Aos dezoito anos, voltou a Belém, mas pouco tempo depois se estabeleceu novamente no Rio de Janeiro, onde iniciou em definitivo sua carreira no jornalismo e na literatura.

Colaborou em inúmeros jornais e revistas do Brasil e do exterior como crítica, ensaísta e tradutora. No jornal *O Pasquim*, onde se manteve de 1969 a 1982, ao lado do então marido Jaguar, pai de seus filhos Pedro (morto em 1999, aos quarenta e um anos) e a também escritora Flávia Savary, Olga iniciou a coluna "As Dicas" (notícias culturais, comentários e sugestões) e, para nomeá-la, criou a palavra

BRAZ NASCIMENTO / ACERVO DA FAMÍLIA

Olga Savary (Teresópolis, RJ, 2017)

"dica", como abreviatura de "indicação". No jornalismo literário, recebeu em 1987 o Prêmio Assis Chateaubriand da Academia Brasileira de Letras.

Seu primeiro livro, entre os catorze outros dedicados à poesia, *Espelho provisório*, foi publicado pela editora José Olympio em 1970, recebendo, em 1971, o Prêmio Jabuti na categoria Autor Revelação, primeiro entre tantos prêmios e homenagens como poeta que receberia ao longo da carreira. Seu segundo livro, *Sumidouro* (1977), foi escolhido Livro do Ano pelo Jornal do Brasil e ganhou o Prêmio Poesia da APCA (Associação Paulista de Críticos de Arte) no mesmo ano. *Altaonda* (1979), o terceiro livro, recebeu o Prêmio Lupe Cotrim Garaude de Poesia, da União Brasileira dos Escritores, em 1981. Em 1982, lançou *Magma*, saudado pela imprensa e pela crítica como o primeiro livro integralmente voltado à temática erótica escrito por uma mulher no Brasil. Por essa obra, recebeu em 1983 o Prêmio Olavo Bilac da Academia Brasileira de Letras. Em agosto de 1986, a compilação *Hai-kais* reunia poemas inéditos e outros incluídos em coletâneas. Olga Savary prosseguiu em um intenso ritmo de publicações ao longo da década seguinte. Em 1997, chegou seu primeiro e único livro de contos, *O olhar dourado do abismo*. Em 1998, sua obra poética foi reunida em *Repertório selvagem*.

Desde o início de sua farta produção, seus poemas foram musicados por diversos artistas populares e eruditos. Tal ligação com a música também se manifestou, a partir de 1972, em sua participação no júri de vários festivais da canção estudantil e no do Festival de Música Popular Brasileira, em 1980, promovido pela TV Globo. Também atuou como jurada na categoria samba-enredo dos carnavais de 1975, 1983, 1984, 1986, 1988 e 1990, avaliando as letras dos sambas das Escolas do Grupo I, no Rio de Janeiro e em São Paulo.

Savary também foi uma prestigiosa tradutora, tendo vertido ao português, entre outras, as obras de Pablo Neruda, Mario Vargas Llosa, Carlos Fuentes, Octavio Paz, Julio Cortázar,

Federico Garcia Lorca e os grandes mestres do haicai, forma poética para a qual se dedicou intensamente, Matsuo Bashô, Yosa Buson e Kobayashi Issa. Em 1994, foi a ganhadora do Prêmio Jabuti na categoria Tradução pelo trabalho no romance *Como água para chocolate,* de Laura Esquivel.

Olga Savary também dirigiu o setor de Literatura da Casa do Estudante do Brasil, no Rio de Janeiro, a convite do embaixador Paschoal Carlos Magno. Em 1975, foi escolhida Mulher do Ano na Literatura pelo jornal *O Globo.* Foi eleita Membro Titular do PEN Clube, associação de escritores ligada ao PEN Internacional/Unesco, em 1984. Empenhada na profissionalização dos ofícios de tradutores e escritores, dedicou-se a enviar cartas à prefeitura do Rio de Janeiro, de 1982 a 1984, até que conseguiu abolir o imposto de ISS para as duas categorias. Em 1985, integrou, ao lado de João Cabral de Melo Neto, Ferreira Gullar e Lêdo Ivo, a comissão brasileira no Poetry International, em Roterdã, Holanda, importante congresso europeu de poesia, que, naquele ano, homenageava a poesia de língua portuguesa. Foi a única mulher entre as delegações de Brasil e Portugal.

Organizou algumas antologias, entre elas *Carne viva* (1984), *Antologia da nova poesia brasileira* (1992) e *Poesia do Grão-Pará* (2001), e integrou inúmeras outras, de prosa e poesia, no Brasil e no exterior, entre as quais: *Erotismo no conto brasileiro* (1980), *Te quero verde* (1982), *O prazer é todo meu* (1984), *100 haicaístas brasileiros* (1990), *Mulheres (in) versos* (1990), *Sincretismo: a poesia da geração 60* (1995), *Os cem melhores contos brasileiros do século* (2000), *Os cem melhores poemas brasileiros do século* (2001). Todas essas conquistas e participações são uma diminuta parte de seu enorme engajamento no cenário literário brasileiro.

Em 14 de maio de 2020, aos 86 anos, Olga Savary morreu em decorrência de complicações da covid, em Teresópolis, Rio de Janeiro.

Cronologia de obras da autora

1970 *Espelho provisório*
1977 *Sumidouro*
1979 *Altaonda*
1982 *Magma*
1982 *Natureza viva*
1986 *Hai-kais*
1987 *Linha d'água*
1987 *Berço esplêndido*
1989 *Retratos*
1994 *Rudá*
1994 *Éden Hades*
1996 *Morte de Moema*
1997 *O olhar dourado do abismo*
1998 *Anima Animalis*
1998 *Repertório selvagem* (poesia reunida)
2021 *Coração subterrâneo: poemas escolhidos*

Sobre a concepção da capa

Para ilustrar a atmosfera erótica e luxuriante de Olga Savary, pensou-se na composição de um cenário de surrealismo tropical feminino.

Entre os elementos da natureza, um fauno e uma sereia são as figuras em destaque em uma mistura de mitologias. Nesse ambiente onírico, folhagens e flores exuberantes foram inspiradas por nossos biomas. Céu e estrelas representam os sonhos de uma noite de verão selvagem.

A ilustração do retrato da autora ressalta as características étnicas marcantes da filha de um russo com uma paraense. Sua raiz amazônica e seu laço estreito com a cultura indígena estão representados pela densa paisagem de floresta que forma a estampa de fundo da capa e da parte interna.